# 黑暗中戀 2

Love comedy In the dark

Daisuke Suzuki 鈴木大輔
Illustration tatsuki



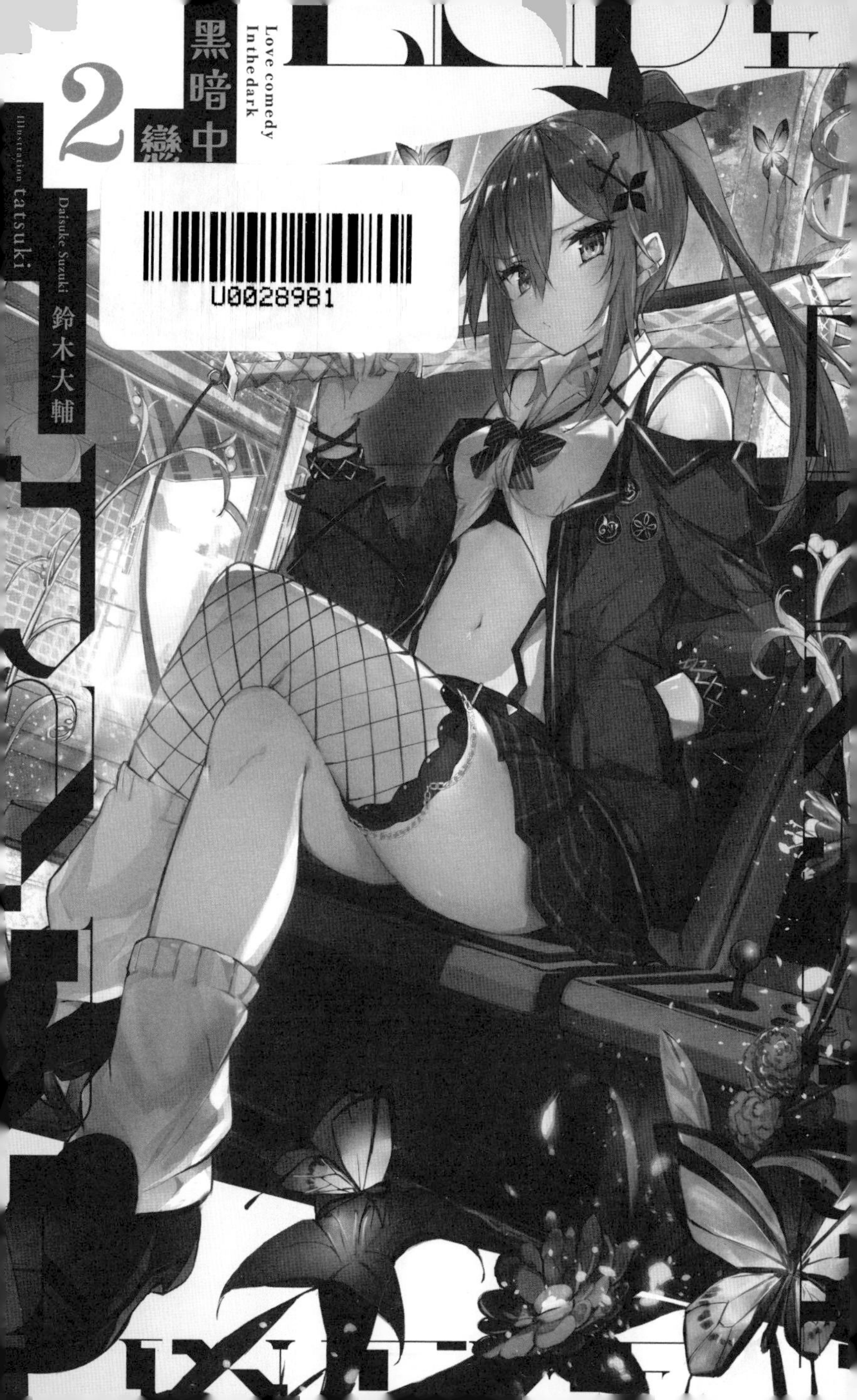

# 第一話

和喜多村透的事告一段落。

總覺得度過一段漫長的時光。不過冷靜下來細數，從事件開始到結束，也才過了幾天而已。

天神由美里轉學過來，和喜多村透起了爭執，度過一夜世界旅行。收到把四位同班同學追到手的神祕指令，被喜多村帶著到處跑，被她硬是踏入家門，還發生了令人臉紅心跳的事件。結果沒多久後喜多村就變怪物，我被帶進非現實亦非夢境的夾縫世界，還差一點死掉，由美里也差點死掉，最終我和喜多村，用和過去稍微不同的形式，建立起全新關係。

才幾天耶？

真是不敢置信。體感來說，這分明就過了數年，甚至讓我覺得度過了一整個人生的時間。

不過這些，都是真真正正發生在我身上的事。那天中午，喜多村吃著我買的麵包，我吃著喜多村買的麵包。我們互相幫彼此跑腿，她還開心地說：「這樣好像在交換禮物啊。」

這並非做夢或看到幻覺。

而是在現實中產生的真實變化。

感覺實在是不可思議。

這就好像是某個楔子，硬生生地敲進了我的高中生活，將我從那愚不可及，連呼吸都嫌無趣，沒異性緣對未來也毫無助益的高中生活中拯救出來……至少我是這麼想的。大概。

重申一次，這些事僅僅在短短數天內發生。

除了我以外的任何人看到，或許都會認為這些變化小得微不足道，但對我而言，則是晴天霹靂、驚天動地的大事。

「明天也一起吃吧？」

喜多村提案道，而我沒有拒絕。

†

到了隔天。

我在學生餐廳吃著午餐。

「哎呀——！真是太好吃了！」

空洞讚聲響徹餐廳。

「尤其美味的呢——對，就是這個！這個炸蝦！該怎麼說，炸得真是恰到好處！明明是吃冷掉的便當菜，沒想到還能如此美味！」

事實上，這炸蝦是很美味。

外觀看上去平凡無奇，不過吃得出從備料、油炸、瀝油都一絲不苟。

我猜應該是費了不少功夫才做出來。

「謝謝誇獎，治郎同學。」

傳來了道謝的話語。

說話者，正是坐在我身旁的天神由美里。

「這是我第一次親手做的便當，你吃得高興當然是最好。另外這顆肉丸也是我的得意之作，務必要試試看。」

「哦，我知道了。不過在那之前。」

我緩緩地咬了一口麵包。

「這個可樂餅麵包！這個也很好吃！上頭裹滿濃郁醬汁，跟清爽的白麵包真是太搭了！嗯，這個也是超級美味！」

「白痴喔，那用得著你說。」

回話的聲音聽起來有些不悅。

說話者，正是坐我正對面位子的喜多村透。

「治郎，你連一粒麵包屑都不准吃剩知道嗎？這可是我認真思考你愛吃什麼麵包，還一下課就特地跑去福利社排隊才搶到的熱門商品啊？」

「那當然！哎呀真好吃，今天午餐肯定是我人生最美味的一頓！」

空洞讚聲響徹餐廳。

最悲慘的，莫過於說出空洞讚美的人正是我自己。

我想應該不必詳細解釋，為何我跟由美里、喜多村三人會圍在同一張桌子吃飯吧。

由美里今天回來上學了。

她在夾縫世界受的重傷痊癒了，就好像一切沒發生過似的，整個人生龍活虎的。之前那差點死掉的慘狀，究竟是怎麼回事？當時她可是手腳見骨，連內臟都露出來了。即使夾縫世界並非現實，我還以為那樣的重傷得治上數週，最起碼得花到幾天才能痊癒。為什麼她今天說恢復就恢復了。

還特地帶了親手做的便當。

在我跟喜多村倆正要吃麵包的時候過來。

又偏偏挑大批學生聚集在學生餐廳的這個狀況下。

「真叫我難過。」

她是從我表情判讀心中思緒？

由美里嘟嘴說：

「明明就是治郎同學對我們的戀人關係抱持懷疑態度，我才會特地帶便當一起吃啊。這不是正式交往的男女所必經的事件嗎？我甚至認為你應該要喜極而泣才對呀？」

「不不，就算話是這麼說沒錯啦。」

「喂，轉學生。妳少找治郎麻煩。」

喜多村身體前傾說。

「治郎吃我的麵包還差不多點。妳拿自己便當閃邊去。」

「哎呀，這話才真叫我難過。在福利社買的大量生產麵包，跟戀人所做的便當，哪個有魅力不是不言自明嗎？」

「妳這蠢貨少給我囉嗦。治郎現在吃的麵包，可是我精挑細選而來的。哪有可能會比妳的便當難吃。」

「哦——還真是充滿自信。言下之意，是妳挑選麵包所投入的愛情，更勝過我親手製作便當的愛情是吧？所以妳是想說自己如此深愛著治郎同學，或是你們倆的關係已經進展到這種程度了？」

「我沒必要告訴妳這個半路冒出的轉學生！」

由美里挑釁。

喜多村怒上心頭。

而我如坐針氈。

姑且不說由美里，喜多村妳不會怒火中燒就忘了吧？現在整個餐廳的人都在往我們這看耶？

「還真叫我難過。」

由美里聳肩說。

這誇張反應跟個歐美人沒兩樣。

從她的舉止能感受出，她壓根沒打算緩和現場氣氛。

「妳憑什麼說我是半路冒出的？喜多村妳才是，妳又懂我跟治郎什麼了？」

「我根本懶得理妳！妳還不是一樣，妳又懂我跟治郎什麼了！」

「我大致上都知道喔。就是膽小不良學生跟乖僻邊緣人，維持著兒時玩伴以上戀人未滿的狀態，講好聽點是酸甜青澀的關係，講難聽點就是八竿子打不著。」

「妳說什麼？妳現在想找架吵是吧？」

「反觀我和治郎的關係則非常特別。我們在旁人無法觸及的地方，深深聯繫著。」

「啥？什麼跟什麼啊？妳現在是在扯靈學之類的鬼東西嗎？」

「雖不中亦不遠矣吧。」

「喂喂，妳認真的嗎？治郎你聽見沒？這傢伙說出這種瘋話耶？她不會加入什麼不妙的宗教吧？有夠嚇人──」

喜多村以嘲諷語氣還以顏色。

我不予置評。喜多村在夢境和夾縫世界裡的事，還是不提為妙。

「說是這麼說。」

由美里眼睛瞇成一線，看起來像隻狡詐的貓。

並從容不迫地接吻。

對象當然是我。

兩人的唇瓣相接。緊接著感受到舌頭伸入，卻又倏地即逝。

「不單單只有靈學角度，我們就連在現實中也維持著親密關係。」

「……什，妳、妳又……這都第幾次……！」

「換言之，即使我是半路冒出的轉學生，我們仍身心都聯繫在一起。所以呢？妳又算是什麼了？」

「我、我也，我跟治郎，對──兒時玩伴！我們是兒時玩伴！」

「兒時玩伴是吧。原來如此，這頭銜的確是不容小覷，但這跟我和治郎同學是戀人關係，又能有什麼影響呢。」

「當然有！我們瞭解彼此家庭！還有很多小時候的回憶！」

「不過就我所知，喜多村同學才是半路冒出的兒時玩伴吧？至少妳身為兒時玩伴的活動實績，完全就是零喔？」

「唔，那、那是因為──」

「我姑且問一下，你們做過色色的事了嗎？」

「啥⁉妳突然問這幹麼⁉」

「這不是相當重要的基準嗎？除了心靈外，身體又聯繫到什麼程度，這樣才方便測出兩人親密度。所以呢，你們做了？還是沒做？」

「雖、雖然沒有做！不過我有把他推倒！」

「所以是未遂囉？」

「可、可是！」喜多村聲音忽然轉小。「至少，我們有接吻……」

「這種程度可遠遠追不上我喔。我已經在妳面前親過兩次，現在又親了一次，妳就打算這麼袖手旁觀嗎？妳都當眾說出如此羞恥的事了，還想不聞不問，只在一旁咬手指看著？」

「唔嗚……嗯嗚嗚……」

喜多村面紅耳赤，氣得肩膀顫抖。

接著她自暴自棄地看向我大喊。

「喂，治郎！」

「是。」

「我現在能做色色的事嗎⁉」

「等等，妳在胡說什麼。」

我整個傻了。

這人也太容易隨人起舞了吧。何必被這麼明顯的挑釁氣得火冒三丈。跟天神由美里扯上關係，基本上就跟把頭塞進全速運轉的洗衣機裡一樣，鐵定會被她耍得團團轉。妳再放輕鬆點啦。

「——今天！」

喜多村奮力站起。

「今天我就先放妳一馬！別以為我會就這麼算了，天神由美里！」

「知道了。我會洗好脖子等著。不過妳一臉快哭的樣子說這話也沒魄力就是了。」

「喂，治郎！」

「是。」

「不准把我的麵包吃剩知道嗎!?這可是福利社大嬸努力賣的麵包！還有明天也要交換麵包！聽懂了就回話！」

「是。」

「就這樣！想怎麼親熱隨便你們！笨——蛋笨——蛋！」

喜多村說完，便逃也似地離開餐廳。

陣前逃亡。不過還有辦法撂狠話就算不錯了。

「真可愛啊。」

由美里看向喜多村背影笑說。

「欸，由美里。」

「怎麼了，治郎同學。」

「妳是不是在玩弄她取樂啊？」

「不太懂你在說什麼耶？」

竟敢給我裝傻。

「妳喔，沒事不要給我添亂。我可是校園種姓階級的最底層，好不容易才勉強能過上校園生活。現在光是立場就已經夠尷尬了，拜託別再害我。」

「嗯——不過這點我也無可奈何啊？畢竟是喜多村主動找我吵架，想要搶走治郎同學。我認為宣示主權是我理所當然的權利才對。」

「……妳好意思講這種話喔？」

冰川碧。

祥雲院依子。

星野美羽。

還有喜多村透。

叫我把這四個女生追到手。妳倒是說說看，是哪個傢伙提出如此胡來的要求？

「一碼歸一碼，不可相提並論。」

由美里若無其事地說：

「未來像喜多村同學這樣的情人、側室，抑或是炮友的存在，將如雨後春筍般不斷冒出。儘管如此，我還是得用簡單易懂的形式來宣示，自己乃是治郎同學的第一選擇——也就是所謂的正妻或第一夫人。」

「妳有沒有自覺到，自己剛才講了很不得了的話？」

「我的話在這當下，並不算什麼大問題。問題在於治郎同學。」

「我？」

「沒錯，你最近過得怎樣？發生這麼多費力勞心的事，應該或多或少撫平了你的無名怨憤吧？」

「嗯……」

怨嘆沒異性緣。

無法順利待人處世，不能主宰人生的煩躁。

自尊以及幼稚的自我。

正因為心裡有這些要素存在，我才能隨心所欲地掌控夢境，而由美里說這會造成世界的危機，也是喜多村在夾縫世界變成怪物的原因。詳情我也不清楚就是了。

把四個女生追到手這項指令，是自稱世界醫生的由美里所提出的解決辦法，也就是處方箋。

確實我跟喜多村之間的關係，可說是有了一定進展，或者說是做個了斷。

「完全沒有。」

我思考半晌後回答。

「老實說，我現在根本沒空去管那個。發生一堆事，我甚至還沒好好消化完。總之這陣子，真的爆出太多震撼彈了。」

「這也不算是壞傾向。衝擊療法也是一種出色的治療方式。事實上，你確實沒空在夢裡實現心中扭曲的妄想了。」

這倒也是。

像昨天跟前天，我一倒在床上就睡得像灘爛泥，甚至連夢都沒做。結果今天早上差點睡過頭，害我被老媽敲醒。

我的夢境會侵蝕世界。

只要不做夢，最起碼問題就不會浮上檯面。也算是有點道理。

意思是，只要我每天瘋狂運動，累到連一根指頭都動彈不得，自然不會去做夢，問題也就全部解決了？

……我提出心中疑問，由美里只笑回「事情沒那麼簡單」。

這麼說也對。就天神由美里的角度來講，光是她會出現在我面前，就表示「事情沒那麼簡單」了。

就在此時。

口袋裡的手機發出震動。

「哎呀，是誰傳訊息嗎？」

由美里看向我這。

我反射性擋住。

「拜託妳尊重一下隱私。」

由美里笑了一聲說：

「我並不是會嚴加管束男友的類型，你就放輕鬆點確認訊息吧。來來，不必客氣。」

我就恭敬不如從命了。

我不讓由美里看到手機畫面，並確認訊息內容。

是 LINE 訊息。

喜多村傳來的。

『明天我也要做便當。』

『你跟那轉學生講，想開戰我奉陪。』

……她是這麼說的。

「不錯嘛。」

我告訴由美里，她則笑回：

「我不討厭這樣直來直往的人。呵呵呵。」

「……拜託妳可要手下留情啊？」

「有句知名諺語這麼說過，獅子搏兔也會全力以赴。」

由美里放下豪語。

未來不會真有一天會見血吧？光是想像那畫面就令我不寒而慄。

同時，我又開始思考其他事。

事情沒那麼單純。眼下狀況錯綜複雜，沒有辦法立刻解決。

而我也有祕密沒告訴由美里。

前幾天，一個無名人士傳訊息到我的LINE。

『小心。』

『天神由美里在說謊。』

……我不確定這則訊息是怎麼傳過來的，就連是不是系統出錯都不清楚。

總之這則突如其來的詭異訊息，立刻就從聊天紀錄中消失了。

是視覺發生錯覺？又或是我仍在夢境裡——我試著將種種可能性考慮進去，最後記憶和直覺都否定了這些看法。

我確實看到了。

那是寫給我的訊息沒錯。

我認為忽視那則訊息，或是當沒看見，都不會是什麼明智選擇。

因為能傳出這個忠告的人物，是不亞於天神由美里的神祕存在。

「有什麼煩惱嗎？」

由美看著我的臉。

「有什麼煩惱都能找我談喔。只要交給我就包你放心。」

「……我煩惱的主因幾乎都是妳就是了。」

「要摸我的胸部嗎？」

「為何會得出這結論。」

「因為男性有九成煩惱，都能用這方式解決。」

「真的假的。世界和平原來這麼簡單喔。」

「你儘管試試看吧。來。」

由美里得意地挺胸說。

舉止雖然孩子氣，不過這女人就跟穿著衣服的費洛蒙沒兩樣。不論做出什麼舉動都很煽情。她乳房的分量、彈性都太過誇張，而那視覺暴力，直接刺激我的大腦。

「才不試，別說蠢話了。」

「哎呀，為什麼不試？」

「這裡可是學生餐廳啊。打從一開始，周遭就不斷有人看向我們這了。」

「那麼不在這裡做總行了吧。要不要換個地方？像是去校舍後方或保健室。」

「這問題不是換個場所就能解決好嗎？」

由美里捉弄我。

而我敷衍帶過。

女人真的是很卑鄙，尤其是美女。

天底下哪有男人，會發自內心排斥被天神由美里以這種方式戲弄的？有異性緣，或許就是這種感覺吧。

像我這種凡人所抱持的無名怨憤，就這麼輕而易舉被她所消除了。好啦，實際上並沒有消除。若是能夠消除，那事情就真的簡單多了。

「來嘛，試著摸摸看。你想揉也沒問題喔。」

「別鬧了。我才不摸好嗎？」

「真的～？你真的不摸？這種機會可不是天天都有喔？說不定這是你人生最後一次的機會喔？」

「就說我不摸——」

「你們兩個。」

忽然有人搭話。

我不禁打顫，望向聲音方位。

一名女生從座位站起。

「你們鬧夠了嗎？這裡可是學生餐廳。」

聲音無比冰冷。

好似被一把冰刃剖開腹部。

全身在零點一秒內聚緊繃。

是冰川碧。

我們班上那令人火大的班長。

也是我每晚夢境裡的後宮成員之一。

「嗨，真不好意思。」

一臉稀鬆平常。

由美里用著與以往無異的態度對她打招呼。

「看起來，妳是認為我和治郎同學，不該在這個應維持善良純正風氣的校舍親熱，才特地前來抱怨對吧。我們這麼做，在這所學校會被視為問題行為嗎？」

「既然明白能別再犯嗎？」

「嗯，我會妥善處理。」

「妳上次也給了相同的答覆吧？妳轉學當天公然在眾人面前接吻時，冰川也是如此告誡。而妳也對冰川說『我會妥善處理』。」

「嗯，我的確說了。」

「妳這是無視冰川的告誡？」

「我並沒有無視。證據就是我和治郎同學至今只有接吻三次而已。若不是冰川同學抱怨，那我肯定會更加自由自在地接吻。這已充分證明了妳的怨言有發揮作用。」

「真是嘴硬。」

「我認為語意解讀會因人而異是無可厚非的。」

由美里不以為意地說。

班長冰冷的視線則達到絕對零度。

另一方面，我連陪笑都做不到，只能僵在原地。

我傻傻地看著兩人，真虧她們吵得起來。由美里本來就特別異常，但班長那毒舌的攻擊力到底哪來的？任誰來看，都會覺得由美里散發出與眾不同的氣場，而這個冰川碧竟能對她擺出如此強硬的態度，我都懷疑她是不是腦袋有問題了。

雖然她就是這一點好，但也讓人莫名煩躁。

「算了，冰川不是來跟妳爭論的。」

班長嘆道。

現場凍結的氣氛終於緩解。

「天神同學是個問題兒童，包含校長在內的所有老師，都極力不跟妳扯上關係這件事，冰川也早已理解。」

「哦，是這樣嗎？這麼做我也樂得輕鬆就是了。」

「天神同學到底是什麼人物？是權威人士親屬？不只班導跟校長，似乎連理事會都得看妳臉色。」

「天曉得呢。請妳自行想像。」

「好吧。」

班長點頭說。

看來她似乎也沒有興趣，只是隨口問問罷了。

看現場這個氣氛，對話似乎將就此告一段落。那可真是再好不過了，我才不希望在這種時候冒出什麼新發展。光是手上問題就堆積如山了，拜託別再為我添亂——

「放學後，來學生指導室報到。」

看來是不可能。

我早就知道了。

正因為找我們有事，班長才會特地跑來。

「兩人都得來，冰川有這個權限要求你們。」

†

冰川碧是班長，事到如今這一點沒必要多做贅述。

她外貌秀麗，成績優良。

沒加入特定社團，卻念書運動樣樣行。上體育課時，她的體能可與田徑社選手爭奪第一；在球技大賽的躲避球賽上，她以男生都自嘆不如的擲球，將對手一個個擊倒。

雖然有人推舉她當學生會長，她卻堅持不參選。

加。

單就身分來說，她只是一介班長，可是不只班導，就連校方也對她信賴有加。

實際上，有許多同學目擊她頻繁出入校長室跟理事長室。

附帶一提，她上次校內大考成績是學年第二名，再上一次是第三名，就沒上補習班的學生而言，這是最高名次。據本人所述，她之所以屈居第二第三名的理由是：「對拿第一沒興趣。」另外她還這麼說過：「以頂點為目標的CP值太低。」我曾聽過這樣的傳言，冰川碧這人最根本的判斷基準為「是否合理」。

她身高介於一五五到一六〇公分之間。

至於三圍，我個人推估從上開始是87、58、85。乍看之下她身材纖瘦，不過脫了肯定驚為天人，這點我敢打包票。

……你們問我為什麼會這麼清楚？

那還用說。因為她是個超讚的女生啊。

男人就是這樣，總會忍不住去關注自己高攀不上的對象。

然後再被雙方的實力差距痛擊而消沉。接下來敗犬組的走向大致分成兩種，早早放棄視而不見，或是難以輕言放棄，卻因無法拉近差距成天鬱鬱寡歡。

而我當然屬於後者。

所以冰川碧，才會成為我夢境後宮的成員之一——

「沒來呢。」

班長嘟囔地說。

放學後的學生指導室。

「佐藤同學來了，天神同學人呢？」

「那個，我也不知道。」

「你應該是天神同學的戀人吧？」

「是沒錯啦。但她不知不覺人就跑掉了。」

這是事實。

第六堂課結束時她確實還在。可是放學班會開始前，才一個不留神，她整個人就倏地消失得無影無蹤。

換言之她落跑了。

還不顧冰川碧班長大人的傳喚。

正如剛才說明，校方對這位班長信賴有加，甚至給她權限把我跟由美里叫到學生指導室。單就這點來看，就知道全校沒有學生敢違逆她。

不過天神由美里到底是天神由美里。區區冰點下的女王傳喚，對她而言大概跟被蚊子叮一樣無感。

「算了。」

班長說完，眼神稍微變溫和些。

「這還在預測範圍內，今天先這樣不成問題。況且現在去把天神同學抓回來效率實在太差。」

「是，非常抱歉。」

「下次發生相同狀況，佐藤同學得負連帶責任。」

「真的假的。」

「你們不是戀人嗎？」

瞪。

班長一瞥讓我閉嘴後，就翻開教科書跟筆記。

不愧是好學生。找到空檔就馬上開始念書。

「那個——不好意思。」

「什麼事？」

「請問找我們出來的理由是？」

「晚點再說。那樣效率比較好。」

「啊、是。」

「…………」

「…………」

「找點事做吧？不要發呆浪費時間。」

「啊、是。」

我勉為其難拿出教科書跟筆記。

即使不認為自己能夠集中精神念書，但什麼都不做實在難熬。

跟冰川碧兩人獨處。哪怕對方是個普通女生，我都難保持冷靜了，更何況現在是跟冰川碧。

嗚哇——

下半身開始躁動了。

我坐在桌子的對面座位，偷偷看向冰川碧。

柔亮的頭髮，在陽光映照下看起來有如天鵝絨一般。

細緻的肌膚，摸起來肯定像是棉花糖吧。

和她認真死板的印象相反，胸型彷彿主張著自身質量。讓人忍不住想扯開制服直接確認內在。

而那對杏仁眼，看起來好似黑瑪瑙或黑曜石。被那對眼瞪了，就叫人不寒而慄，卻又產生一股莫名興奮。這傢伙屈服時會露出怎樣的表情呢，光是想像，就快讓人把持不住了。

「有事嗎？」

「咦？」

「你有話想跟冰川說？」

「啊、不。沒事。」

「沒事能別看這邊嗎？」

「對不起。」

即使道歉，班長仍板著一張臉。

我猜這傢伙，大概只把我當成是養豬場裡飛來飛去的蒼蠅。不過這點也激起我的興奮。要是位於校園種姓制度最底層的我可以對她為所欲為，不知道能有多痛快。

我在夢裡就做到了。我讓班長露出各種不可告人的表情，真是太愉悅了。

那麼現實呢？

如果真的能夠實現，真能讓冰川碧成為屬於我的東西。那成就感到底會有多強烈？

……我小心翼翼不讓班長看見，偷偷在筆記本角落整理現況。

啊，附帶一提。

我之前一直絕口不提，努力不被他人察覺這件事。

我其實頗渣的。

我對冰川碧確實抱持著猥瑣想法，希望大家不要因此嚇到。不過我也沒轍啊，這東西就是我無名怨憤的源頭之一，所以由美里才會把這當成是我的任務。我自知接下來要講的話實在差勁透頂，但我是真心想把她玩弄到哭著求饒。

反正我就是個人渣，還是世界之敵。會滿腦子這檔事也很正常吧。

……先不說廢話了。

重點是整理現況。

我將當前狀況，接下來該做的事。

想到什麼就一條條寫下來。

①把四個女生追到手。姑且是當前最大目標。↓喜多村已成功？

②瞭解天神由美里。我對她根本一無所知。

③瞭解自己。我的力量究竟是什麼。↓本來以為只能自由操縱夢境，不過似乎並非如此。↓還有，我真的是世界之敵？↓由美里單方面如此主張。根據不清不楚。

④神祕訊息。『天神由美里在說謊』。那則訊息的意思是？是誰想對我傳達什麼？↓有沒有可能是看錯？↓應該不可能但無法斷定。畢竟最近發生的事全都超出常理。

——我輕嘆一口氣。

臉不知不覺皺成了一團。得想辦法放輕鬆點思考啊……不，這太難了，是叫我怎麼放鬆。這狀況簡直就是蒙住眼睛走鋼索嘛。現階段只是碰巧沒發生致命失誤，結果才勉強算是沒事，但也僅只如此。實際上喜多村那次，是真的險些沒命了。

說到底的，為什麼我會被捲入事件？

接下來到底會發生什麼事？

能拿來當判斷材料的情報過少，還無從調查。就算想把握現狀，這狀況本身就充滿謎團了。即使想依賴由美里，現在卻連她是否能夠信賴都搞不清楚。

啊——啊。

說真的，為什麼事情會變成這樣。

仔細想想，當個自卑邊緣人的時候，可能都過得比現在還好。

那個封閉自我成天暗地咒罵，連發洩機會都沒有，只能悶悶不樂過活的時候，竟然會比現在還好上那麼一點點。

縱使有些福利，然而比起好處，風險會不會高過頭了？我現在只要走錯一步就可能會掛掉啊。

話雖如此，既然無法回頭，只能自行處理眼下發生的問題。

現階段能做的似乎也只有①了？

用講得倒是簡單，這對我而言可是難度高得要命的任務耶？

喜多村那次只是結果還算順利，看看現在眼前這位冰點下的班長。單就在妄想中把對方玩到求饒來說，她當然是最棒的對象，但兩人獨處時的壓力可真夠折騰了。我連講個話聲音都會顫抖，更別提跟她眼神對上一秒鐘，靈魂就好像要被凍結了。

不只是班長。先不論祥雲院依子這個辣妹，星野美羽在校園內也是頗有人氣。拿我去跟她們倆相比，分明就是拿垃圾比貴族，硬著頭皮追求也未免太過無謀。就連喜多村，其實也是不知道高我多少階級的天上人——

「差不多了。」

忽然問。

班長將筆記闔上抬起頭。

什麼差不多？我以視線提問，班長則收拾文具說：

「冰川找的並不是只有你。」

還有其他人？

是指由美里——照這狀況來看，應該不是說她。

「嗨——我來了——」

就在此時。

有人打開房間門走了進來。

我大吃一驚。竟然是祥雲院依子，也就是目標三號。

「不好意思我遲到了。今天輪到我打掃……」

我再次大吃一驚。連星野美羽，目標四號也在。

辣妹和文藝社員。校園頂級的兩位美少女。據我所知，她們倆關係並沒有特別好，為何會一起來到這？

「是冰川叫她們來的。」

還沒提出疑問，班長就回答了。

可是，為什麼？

我和由美里的組合還能理解。但祥雲院依子跟星野美羽？跟這次傳喚我們有任何關係嗎？

「解釋起來太費時，冰川簡單說明。」

冰川環視了在場每一個人，接著說：

「從今天起，在場四人就是同伴。」

……怎麼事情變得不太對勁啊？

# 第二話

「這太奇怪了吧？」
喜多村透眼睛瞇成一線說。
現在是隔天中午，我和她人在學校餐廳。
「為什麼沒把我算進去？」
「妳問我，我也不清楚啊。」
「依子跟美羽都被叫過去不是嗎？還加上碧跟治郎，你們四人成為同伴的話，沒把我算進去不是很奇怪嗎？我跟治郎可是兒時玩伴欸。」
「我猜是那個吧，喜多村是最近才開始主張我們是兒時玩伴……」
「真讓人無法接受──」

咬。

喜多村咬下波蘿麵包低聲說。

「我跟治郎可是互相幫對方跑腿的關係啊。就連今天也是一起吃午餐。」

「這樣講是沒錯啦。」

「還有成員裡每個傢伙都很可愛也叫人火大。為什麼是治郎被選上啊，還是莫名其妙突然把你找去，太詭異了吧。」

「我猜是那個啦，就是所謂的命運弄人吧，人生中總會發生個幾次。」

「是說由美里呢？那個轉學生，今天也蹺課了？」

「似乎是。」

「那女人到底在想什麼啊。只有她我是真心搞不懂。」

「這點我也同意。」

「我說你，連對方是個怎樣的傢伙都不知道，就跟她成為戀人？」

還真的是這樣。

她直接切中核心，讓我毫無反駁的餘地。

不過誰叫她是天神由美里。

至少在我心裡，光用這句話就能解釋情況。

「然後咧？」

喜多村問道。

「所以你們到底是什麼的同伴？為何突然就組起隊來了？」

†

看來並不是只有我在想同一個問題。

「……蛤？為什麼？」

最先開口提問的，是祥雲院依子。

「在這的四個人？同伴？什麼意思？」

「正確來說是五人。還有天神同學。」

「還有那個轉學生？為什麼？」

「冰川現在開始說明。」

冰川碧要求大家先坐下。

辣妹才勉為其難地拉張椅子，而星野也跟著入座。

「理由很簡單。」

班長開口。

「因為在場成員都是問題兒童。老師們傷透腦筋，理事會無可奈何，最後把這工作交給冰川。」

「蛤～？什麼跟什麼啊——」

祥雲院發出彈舌音以示不滿。

「這樣做是不是有點濫用職權啊？要是去跟教育委員會打小報告，應該會出大事吧？還有我哪裡算問題兒童了？」

「要抱怨去跟上頭說，冰川只是負責執行，不會回應妳的怨言。還有祥雲院同學顯然就是問題兒童。妳成績太差，上課態度跟出席率也很糟。」

「還好啦～」

祥雲院老實承認。

事實上，這女人完全不聽勸，在校內已是眾所周知的事了。她就是如外表看上去那麼輕浮隨興，這個學生指導室她也早已司空見慣。從她說話方式就能讓人感受出，有無數前科的犯罪者被警察抓住時，大概就是這副鳥樣。

不過她就是這一點好！

她裙子短，胸部也大，就像是色情本身穿著衣服走來走去般簡單易懂。而把這種自以為是的女人玩到求饒，可說是全世界男性的夢想。

「請問……」

星野美羽畏畏縮縮地舉手問。

「那我呢？我成績應該不算太糟，也沒有蹺課……」

「妳理科成績差過頭。」

班長斬釘截鐵地說。

「總和來說成績算是平均，不過各科落差太大。就算想考文組，也實在有點問題。妳有在寫小說對吧？若是將來想當作家，還是充實各方面知識比較好吧？作家知識量不是越豐富越有利嗎？」

「嗚，這、這個……」

真是逆耳的忠言。

文藝社王牌星野美羽，雖然早有職業作家的實績，但作家到底是不穩定的工作。若想累積作家閱歷，自然要在學校好好學習，被人這麼一講，她當然無言以對。而她現在就好比是被猛禽類狠瞪的小動物，整隻縮成一團，讓那本來就嬌小的身軀變得更加袖珍。

不過她就是這一點好！

她和祥雲院相反，整個人嬌小纖瘦，身材卻前凸後翹，那張小巧臉蛋跟修長手腳，真是看得人垂涎欲滴。

「這件事做法交給冰川決定，責任由理事長負。」

班長接著說了下去。

「矯正在場所有人，這就是冰川的工作。除了學業成績外，操行也包含在內。要把這當成是小型的少年感化院也行。雖然最大的問題兒童今天逃走沒來。」

瞪。

班長視線直刺向我。

拜託別這麼生氣嘛，冰川同學。我又不是由美里的監護人。要抱怨拜託找當事人講行不行。

「另外，冰川有權限控管成績報告書，也能提議讓你們停學或退學。這雖非校方正式程序，但能立即生效。若認為冰川說謊可以試試看。有任何問題嗎？」

瞪。

視線再次刺向我，接著轉向另外兩人。

祥雲院一臉厭煩，星野則難以招架，兩人露出截然不同的反應。這班長的壓力也未免太強。

她這樣還只是一介班長，若是被她當上學生會長，到底會打造出怎樣的學生會呢。像這種女人果然還是早點把她玩到哭出來，那才符合全世界男人的夢想。

「……退一百步來說，班長講的我勉強能接受。」

祥雲院不悅地說。

「但為什麼這傢伙在？煩不煩啊？」

她眼神頓時充滿敵意。

而那視線正是看向我。

喂喂，別用那種眼神看我吧，讓人很受挫耶。我難道連汙水都不如嗎？

「那個，我也不太能接受……」

星野畏畏縮縮地舉手說。

喂喂，這位小姐。妳看都不看我也就算了，還那麼明目張膽地跟我拉開距離，這會讓人很受傷耶？我們同為文藝社員，好好相處嘛。雖然我只是個幽靈社員。

「冰川也同意，不過妳們就忍忍，當這是為獲得成果所必須付出的代價吧。就冰川個人判斷，這麼做總和來講效率較好。」

她看向我說。

視線依舊冰冷。就這氛圍來看，班長似乎對我也沒什麼好印象。

哎呀——

真不錯。

這就是所謂的四面楚歌是吧？這個莫名其妙集結起來，只為敷衍了事的隊伍中，就只有我一人處於客場。

不錯嘛。就該像這樣。

從逆境翻轉才是人生的醍醐味。某種意義上，最起碼我的目標，或者說是該前進的道路終於定下了。儘管玻璃心也快碎掉。

「以上，說明結束。今天先從補習開始。凡事起頭是最重要的，今天會花多點時間學習。大家做好覺悟。」

†

「還真有趣。」

當天晚上，在我夢中。

我向由美里報告今天發生的事，她心滿意足地點頭說。

「這劇情發展不錯嘛。甚至可說是太理想了。」

「……為什麼我一點都不覺得有趣？」

「這麼講就不對了，治郎同學。你想想，這可是能夠一次跟剩下三個目標拉近距離的大好機會呢。我並不是想模仿冰川班長的說法，但這樣效率簡直再好不過啊。」

是這樣嗎？

妳這樣分明是只挑好處講吧？

打從一開始，就是因為那三人成天對我抱持敵意，我才會在夢裡「教訓」她們啊。

意思是現實中對她們無可奈何，才只能讓她們在夢裡登場。

換言之，我打從一開始就沒勝算。

即使現在三人全在觸手可及的範圍內，我仍拿她們沒轍。

「你換個角度想想。」

由美里否定我的主張。

她在那張面具底下嗤嗤地笑著說：

「單靠你一人依序追求那三個女生，到頭來束手無策的可能性反而更高吧？我先問問，若沒發生這件事，治郎同學打算要如何攻略她們？」

「啊就……只能硬著頭皮上啊。」

「怎麼上？」

「就拚命追求嘛。」

「你做得到嗎？」

「當然做不到。」

「所以啦？這本來不是自卑邊緣人三兩下就能做到的事。硬著頭皮猛衝蠻幹，結局頂多就是一頭撞死。」

「妳以為是誰強迫我去達成這不可能的任務？」

「我也沒辦法啊。這可是攸關世界的命運。」

世界的命運，是吧。

只可惜現在我已經無法一笑置之，喜多村那次，我只是勉強達成目標。正因為實際體驗過才知道，一有閃失是會要命的，而我也無法預測接下來到底會發生什麼事。

「Take it easy。我們放輕鬆點。」

她悠然自得地拍拍我的肩膀。

「這次跟喜多村同學那時不同，不需要拚上性命。太過拘謹只會適得其反。你就當是去路上隨便搭訕女生，把這看作是一個事件就好。」

「妳喔，就會講這種風涼話……」

「是說她們未免太討厭你了吧？你有做過些什麼嗎？」

「什麼都沒做好不好。我是能對她們做什麼。我跟她們連話都沒說過幾句。」

「難講喔？揍人的一方沒多久就會忘記，但被揍的那方可是會記一輩子。人類就是這樣的生物。」

是有道理。

不過我可沒打算乖乖認同。

我默默喝著罐裝咖啡。這到底是我能自由操控的夢境，變出個罐裝咖啡當然不成問題。然而今天舞臺並不在宏偉的城堡裡，也沒有設宴與來賓共歡。

當然冰川碧、祥雲院依子、星野美羽、喜多村透都不在場。由美里要求我別這麼做。她說把現實存在的人物叫來這的風險太高。

因為我這個病毒會侵蝕周遭，對現實世界產生難以預期的影響。

我也沒有異議。

經過喜多村那次，我也學乖了。盡可能遵從由美里的指示。盡可能，就是了。

「我說由美里。」

「怎麼了？」

「妳今天也穿成這樣喔。」

我說的正是那套老裝扮。

也就是由美里穿的奇怪面具、詭異斗篷，再加上根手杖。

她依舊穿著第一次出現在我夢境時的那身打扮。

別說性不性感了，穿成這樣連性別都看不出來，那身瘟疫醫生的裝扮，看起來只像是某種怪物。

「那當然。」

由美里說。

「這裡是治郎同學的世界。是你的內心世界、你的庭院，也是封閉排外的空間。而我這個異物，要進來自然得穿上防護衣。這點先前應該說明過了吧？」

「之前是這樣，但現在狀況不同了吧。我現在瞭解自己立場了，就不能以正式來客的形式招待妳進來嗎？」

「有點難啊。姑且不論治郎同學的理性，你的本能應該是不會允許。我認為有相當高的可能性，會發生類似白血球主動攻擊病毒的狀況。這些不是憑當事人意志就能控制的。」

「這樣啊。」

「就是這麼回事。」

「……明明『那件』，還挺好看的。」

我嘟囔說。

那是前幾天在夾縫世界看到的畫面。

在我陷入危機時，由美里及時趕到，還穿著與現在不同的服裝。參考醫療從業人員而成的白衣，學生制服的短裙，大腿上配戴著刀刃，手持招牌武器巨大手術刀。

儘管當時沒空細細品味。

但那身打扮牢牢烙進我的腦海。

真不錯啊。

完全投我所好。可愛到嚇人，而且看起來超級煽情。那身打扮散發出的驚人費洛蒙，幾乎等同於班長加辣妹加文藝社員加不良學生再開平方了。不只顯得英勇，還充滿了女性魅力。

那件好棒啊。

真的是太讚了。

直接看我怕眼睛會被閃瞎，但要反覆回味的話簡直是最棒的素材。讓人不禁想入非非。

「我也覺得很可惜。」

身穿瘟疫醫生服的由美里聳肩說。

「就狀況來說我也沒辦法。雖說穿上可愛戰鬥服迷倒你的機會變少這點令人難過，不過換個角度想吧。把那個當作是特別時刻才能看到的衣服也不壞。」

「只能說這算有利也有弊吧……是說，我只是不小心自言自語說出口吧？別用妳的順風耳偷聽啊。」

「我可不介意用這身打扮跟你親熱喔？」

「算了吧。要跟穿成這身打扮的人親熱，難度也未免高過頭了。」

「不論戀人變什麼模樣都能與她交歡才算是真男人，你不打算試著這麼思考嗎？」

「不好意思喔，我就是個沒種的傢伙。拜託別對自卑邊緣人要求這種事。」

「那麼我問問你，治郎同學，若是我在現實中要求與你做些性相關的行為，你就能夠回應嗎？你能表現得像個男人，或是試圖拿出佐藤治郎的渾身解數來立即回應我嗎？」

我不禁語塞。

由美里小姐，妳就這麼大剌剌地直接問我喔。說實話，不論妳親我多少次，我都只會驚慌失措，無法做出反應僵在原地。

「我就直說了，你光是對上冰川碧、祥雲院依子、星野美羽都會覺得棘手，那麼就算跟我做那檔事，大概也無法好好享受。」

「為什麼？」

「咦，因為我等級可是高到你完全比不上啊。」

「妳這混帳可真敢說啊。」

我無法反駁就是了！

我乖乖承認就是了！

「我看還是把做色色的事情，當成是給治郎同學的獎勵會比較好。在你追到了目標女生，有了美好回憶，才能重新認知到我才是至高的戀人。而且這樣的形式感覺更加美好。」

「妳傲慢成這樣，總有一天會遭天譴。」

「你不喜歡我這類型的女生？」

並不討厭！

單純就想要玩到對方哭著求饒的對象而言，妳絕對是最棒的選擇！我總有一天會讓妳好看！至於哪天才能成真我就不知道了！

……總之，

我就像這樣，在夢裡和由美里度過了這段時光。

大家應該都明白吧？

就連當下，我也和緩處理著之前決定好的方針①～④。

①把四個女生追到手。
②瞭解天神由美里。
③瞭解自己的力量和立場。
④注意神祕訊息所講的事。

現在正是②的回合。
這個主題才是一切的前提。
說到底，所有事情的開端，就是天神由美里出現在我面前。
那麼我只要更直接、更積極、更具體地向她提問不就好了？
事情沒那麼簡單。因為有④這個要素——『天神由美里在說謊』這則訊息。
是誰，基於何種目的傳來的？
這是事實？惡作劇？還是做夢或幻覺？
LINE的聊天紀錄，因為神祕原因被刪得一乾二淨，導致我現在無法再次確認。
不過——這件事絕不能輕描淡寫帶過。

「啊……」

就是這麼回事。

目前我有各種課題。

而這是優先順序極高，為了繼續邁進，所必須要做的事。

「是說由美里同學啊。」

「怎麼了？」

「啊……該怎麼說。」

「？」

由美里歪頭看向我。

就算一定程度上習慣她了，還是會感到緊張。

那怕這是在夢裡，是我能夠隨心所欲操控的庭院。

即使對方是個打扮成瘟疫醫生的詭異女生也一樣。

若換成是面對平時的由美里，我更是絕對做不到，就連開口的勇氣都沒。

「嗯——那個。就是。嗯——」

「還真是不乾不脆呢。」

「要不要，一起去看電影。」

我說了。

總之就是憑一股勁說出口，甚至能說是自暴自棄了。

「我也不是說特別想看電影。真要說的話，我算是小說或漫畫派。不過那個。我們去看電影吧。」

「…………」

由美里一語不發。

也看不出她臉上表情。

誰叫她現在戴著瘟疫醫生的面具。真不知道在這狀況下無法得知對方反應，到底算好事還壞事。

「沒有啦，我們好歹是戀人嘛？」

我繼續說。

說話越來越急這點還請見諒。

我倒覺得沒有怕到陷入沉默就值得表揚了。

「戀人不都會做這些事嗎？就算不是看電影也行啦……要去水族館、美術館什麼的，或出門逛街也行。當然想買衣服或書，還是其他東西都——」

「…………」

「呃——總之我想說的，就是約會啦。我想出去約會。由美里同學。拜託妳，陪我約會。」

我說了。

實際說出口才知道，這可真是緊張到爆炸了。我開始瘋狂冒汗。就算有我們是戀人這前提在，提出約會要求的難度依然是高到嚇人。

「很好。」

由美里說。

因為面具擋著，我依舊看不到她臉上表情。

「好啊，這傾向真是不錯，治郎同學。我當然樂意奉陪。姑且不提做色色的事，我一直都想和你有更深一層的交流。」

「呃、哦。這樣啊。的確是有這必要。」

「時間就交由你決定了，我這邊會盡力配合。約會計畫也交給你可以嗎？」

「哦，總之，我盡量處理。如果約會計畫妳不喜歡就先說聲抱歉了。」

「這點雙方得負連帶責任。約會可不是一個人的事，必須經由雙方努力，有著想一同享受約會的意志，得達成這兩個條件方能成立，也就是共同作業。即使失敗，也不該是由治郎同學負全責。」

「啊、是。這樣啊。確實也是有這種看法。」

我說。

而由美里點頭。

接著雙方陷入沉默。

好一段時間沒人說話。

……咦，現在這氣氛是怎樣？

邀請她約會算成功了吧？

為何我又開始瘋狂飆汗？

「那麼，我差不多該走了。」

才剛這麼想，由美里就開口。

「今晚就此解散吧。反正也決定好未來方針了。」

她甩了甩斗篷下襬。

又不是坐在地上，況且這裡是夢境中，斗篷上哪有可能沾到土或灰塵。

「冰川碧、祥雲院依子、星野美羽。現在有藉口積極跟這三人接觸了，絕對不可放過這個機會。」

「知道啦。總之……我盡量想辦法。雖然我懷疑自己什麼都做不到。」

「期待你的表現。再見了，治郎同學，祝你有個美夢。無論是健康或疾病，我都會陪伴在你身邊。」

說完她便轉身離開。

我得再三強調，這裡是夢中。況且她可是自稱「自在」，且神出鬼沒的由美里大人。根本沒必要做出這些舉動。她只要像現身時那樣，想消失時直接變不見就好。

本該是這樣。

「治郎同學。」

她轉頭看向我。

「啊……嗯——那個。」

講話吞吞吐吐的。

「幹麼，有話就說啊。真不像妳。」

「嗯，不像是我。的確是。」

由美里哈哈笑了兩聲。

她隔著面具搔了搔臉頰。

接著這麼說：

「事到如今才來做這種事，總覺得有點害羞啊。」

……不不。

妳都親我幾次了，在公園邊鞦韆時還坐我腿上，甚至親手為我做了便當。怎麼事到如今才感到害羞。

我看向由美里消失的地方想。

難道說，假如她不是穿成瘟疫醫生的打扮，那言行看起來其實會超級可愛？

她說的「害羞」，是指被我邀去約會，而她答應，這一連串的流程……對吧？

咦，那個天神由美里？

天下無敵的世界醫生？

被我邀去約會，然後害羞了？

這感覺真是太奇妙了。

具體來說，我感覺自己現在嗨到能就地跳他個三公尺遠，甚至能夠輕鬆單手灌籃。

我仍對這個戀人一無所知。

未來我將會一點一滴地去認識她。儘管事到如今才做這件事實在嫌太遲了。

# 第三話

「首先要補習。」

這是冰川碧班長秉持的一貫方針。

「佐藤同學的成績並不算太差，祥雲院同學慘不忍睹，星野同學則是落差太大。天神同學幾乎沒來上課根本無從判斷。所以第一重要的是補習。第二重要也是。」

這樣講也有道理。

冰川碧的任務，是「矯正四名問題兒童」，雖說並非正式，但好歹也是校方委託。從校內活動開始，這點倒是循規蹈矩。

「隊伍成員一起念書，能夠更加瞭解彼此。而且互相教導拿手科目效率較好。畢竟『憑藉學習彌補短處』才是補習本來的目的。」

這話也挺有道理的。

總和來說，班長的提案確實接近最佳解。

這就是以重視效率、合理思考為座右銘的優秀學生——冰川碧。

她的構想幾乎可稱得上是完美。

†

「沒來呢。」

當天放學後。

我們在位於校園一隅的學生指導室。

冰川碧提筆輕快地在筆記本上書寫，並小聲嘟囔著。

這間學生指導室跟一般教室不同，並沒有以容納二、三十人學生為前提打造，裡頭只有擺放餐桌大小的桌子、沙發和書架。意思是裡頭只要塞了兩人，人口密度就會一口氣攀升。

「沒來呢。」

我也提筆輕快地在筆記本上書寫並回答。

現在的學生指導室，看起來空蕩蕩的。

而理由主要是心理層面。五名成員中竟有三人未到。

缺席率高達百分之六十。

若原因是流感之類的，那鐵定得停課了。

（…………）

瞄。

我視線從筆記移開，偷看向班長。

冰川碧非常冷酷，不論言行都是。她不喜歡白費力氣，幾乎到了不近人情的程度，這點使他人難以和她相處。就連臉上掛的也都是一號表情。

總之這人難以捉摸。

就連她在想什麼都無法理解。

照常理思考，她心情應該非常差才對。畢竟才剛組成隊伍，成員中就馬上有三人缺席，這讓她這個隊長的顏面徹底掃地——然而班長的表情依舊不變。因為沒變導致無法判讀。人面對無法判讀的對象，就是會忍不住去胡亂猜測。

這該說是揣測心思？

或者是察言觀色的能力？

誰叫我是位於校園種姓階級最底層的人種，若不時時刻刻發揮這項能力就無法生存。我之所以會以不亞於班長的速度振筆，純粹是因為過度緊張。更何況在場只剩我們倆獨處，害氣氛變格外尷尬。

（……………）

我又忍不住偷看一眼。

班長用極度精密的動作和節奏解開算式——

「什麼事？」

她突然開口問。

「有話想說就說。不花時間，冰川再聽。」

「欸，啊……」

我當然有話想說。

只是妳用這種冷淡的態度回應，害我想問也說不出口。

像我這種活在暗處的人，本來就不擅長應對冰川碧這類高規格的人種。我現在就如同突然被君主問話的一介小佃農，搞得身體跟心靈都僵住了。

說凍結可能比較正確。

因為這位班長，確實會發出如此強大的壓力。

「不，沒什麼。什麼事都沒。」

「冰川討厭你這種作為。」

犀利話語襲來。

即使我點頭哈腰，班長也照斬不誤。

「這麼做連消極主義都稱不上。分明看清狀況卻不採取最佳解。效率差到難以理解。」

「呃……」

「你明明能自由決定該前進還是後退，卻兩者都不選擇。這效率甚至差到像在自虐。如此貶低自己究竟能得到什麼？」

……噫噫咿。

現在是怎樣，我本來不過想像傳接球那樣輕鬆聊聊，為何對方卻直接拿保齡球砸過來。

我是做了什麼壞事嗎？

這已經超越冒冷汗的等級，我都快漏尿了。

「呃——那個……」

換作是前陣子的我，肯定會光著腳逃離現場。或是現場直接漏尿。

不過，我實在無法這麼做。

或者該說，我目前所處的情況不允許我這麼做。

由美里對我說「把那四個女生追到手」時，我心裡所想的不光是只有『講什麼鬼話』、『最好是做得到啦』。

「若是能夠實現，那不知道會有多痛快。」

這也是我毫無矯飾的真心話。

因為那麼做確實會很爽。讓現在眼前這位冰川碧，如此高不可攀的女人屈服，把她玩到喊救命為止。

對啦，我知道自己很差勁。想怎麼罵隨便你們。

差勁又怎樣？我不過是順從自身慾望過活。

妳說我不選擇前進跟後退？

那我現在就選給妳看。

我說了。

「其他人，都沒來呢。」

即使只是這麼句閒話家常，對我而言也算是大大跨出一步。

「是啊，沒來。」

「她們幾個也太不認真了。」

「天神沒來這點，你這個戀人也得負連帶責任喔？」

妳這樣講我可就無言以對了。

我們頂多只有接吻過，除此之外根本沒什麼戀人樣。就算妳叫我負連帶責任……先說好，我知道自己剛才那段話聽起來很莫名其妙。

「對不起。我之後會念她幾句。」

「務必那麼做。」

「是，還有就是──」

「什麼事？」

「其他傢伙，都沒有來嘛。現在這裡，只有我跟班長。」

「所以？」

「班長妳說了嘛。『在場成員從今天起就是同伴』之類的話。還說校方全權交給妳處理。」

「是，確實說了。」

「可是看現在這情況，代表妳當時說的並沒有成立對吧？」

「這在預料範圍內。」

班長視線轉回教科書上說：

「問題兒童的問題本來就無法輕易解決。若是能迅速處理，就不會形成問題。假設對她們說『你們是問題兒童，所以要把你們組成隊伍一次矯正』，所有人就會團結起來的話，那反而該叫乖學生才對。」

「這……是沒錯啦。」

「千里之行始於足下。一步一步慢慢來吧。畢竟校方也有苦衷，無法硬逼祥雲院同學跟星野同學。」

我就覺得是這麼回事。

祥雲院依子家裡是知名的大型宗教法人。

星野美羽則是被媒體捧為文學界的新希望。

這兩名學生都不能輕視怠慢，怪不得最後會全部丟給班長處理。

「天神同學太過神祕，完全在討論範圍之外。所以，剛起步不能太過貪心，要先從輕鬆的部分處理，效率才比較好。」

「輕鬆的部分，是指我嗎？」

「因為佐藤同學，你確實乖乖前來啦？」

這麼一講我才恍然大悟。

本來就不會來的問題兒童，跟會來的問題兒童。不需要思考，就知道這兩者哪個好應付。加上我這人又膽小怕事，一跟校方扯上關係，我就算千百個不願意也得參加。

「問完了？」

班長打算終結話題。

而我不想錯失這個機會，接著問下去。

「呃——我還有不明白的地方。」

「什麼事？」

「是說我的成績並不算糟吧？」

「是啊，算中間偏上一點。」

「而且被要求補習就乖乖前來了，跟其他人完全不同。」

「對，你有來。」

「照這樣來看，我根本就不算問題兒童吧？姑且不論其他三人，為什麼我得遭受這種待遇？」

「你自認是模範學生？真的沒有自覺？」

「沒有。」

我不加思索回答道。我怎麼可能會是壞學生。

若妳要說內在，那或許是真的有點那個吧？最起碼表面上，我已經竭盡全力不讓自己顯眼了。學業方面，也有做到不被人指指點點的最低限度。雖然在夢裡倒是為所欲為，最後被世界的醫生指著說你就是病。

不過，那些終究是我個人的私事。

不論是校方還是冰川碧，都不可能會知道。

「問題結束了？」

「啊，不。還有一些。」

「長話短說。」

「呃——說到底的，為什麼妳會接下這個爛攤子？」

召集問題兒童組成隊伍做矯正。

如果是冰川碧，那被人要求去做這種事似乎也不足為奇，所以我就自然而然忽略了。但仔細想想哪有可能啊，這種事怎麼會交給一個班長去處理，照常理而論，哪可能會有人接受。

然而這女生卻接受了。

不只接受，還打算乖乖地完成這項職責。

這怎麼想都倒楣過頭了吧。還是說，接下這份工作能有什麼好處？

「有的。」

班長點頭說。

「有好處。但不能在這說。」

「不能在這說？為什麼？」

「還有其他問題嗎？」

強制中斷。

我彷彿聽到刀刃劃過的聲響，話題就此結束。

我實在無法再追問下去了。你們想笑就笑吧，不過能笑我的只有單獨跟冰川碧說過話的傢伙知道嗎？有本事就來親身體驗這場暴風雪。

還有，她這賣關子的方法聽起來有鬼啊？

照她這說法，表示並非絕對不能說出口。這傢伙不論什麼事都直來直往過了頭，如今卻用這種說詞，實在讓人介意。

我那顆猥褻的邪心正在全速運轉。

莫非，這是掌握冰川碧把柄的絕佳機會？剛才那臺詞似乎不太對勁啊。她會不會是跟校方有勾結，私下交易啊？譬如偷偷改高她的成績。我亂猜的就是了。

更何況，我跟冰川碧本來就不熟。不光是我，大概班上其他同學也是。她總是披著一層神祕面紗，看起來也不像是交遊廣闊的類型。

「佐藤同學，你真的有衝勁嗎？」

「什麼衝勁？」

「補習，或者說是矯正。」

「有啊。」

「騙人。」

是騙人沒錯。

我只是被氣場強過頭的班長傳喚，才勉為其難過來的。

那又怎樣？剛才不是也說過了，接受補習的學生反而該說是乖學生啊？

「算了，冰川明白。」

班長說。

「這很合理。大家都是逼不得已才接受補習，更是一輩子都不想接近學生指導室。」

「我倒是沒想得那麼誇張。」

「假使冰川矯正了你，還是得處理第二、第三個問題兒童。況且最後還有個大魔王。」

說魔王有點過火了吧？

不過就班長角度來看，由美里確實像是魔王。

那傢伙看起來，就跟野生動物有些類似。正常來說，任誰看到在熱帶草原昂首闊步的獅子，都不會認為「這傢伙太好搞定了」。

「所以冰川有個提案。」

班長放下筆說。

「提案？什麼提案？」

「…………」

班長直盯著我看。明明不是在瞪我，卻莫名有股壓迫感。

最後冰川碧終於開口。

她的表情十分嚴肅，嚴肅到她這輩子似乎從沒開過玩笑一般。

「佐藤同學，跟冰川約會吧。」

……為什麼會變這樣？

†

「你這混帳倒是告訴我為什麼會變這樣。」

喜多村也持相同看法。

補習結束，我們坐上放學回家的電車。

「簡直是莫名其妙。那個班長看上去是很聰明，其實腦袋根本有問題吧。」

這話說得有些過火，但我稍微同意。

這個完美班長成績優秀、運動神經超群，就連長相也沒話說，不過自從跟她有了對話後，她就接二連三地爆出超乎想像的發言。

「這肯定就是所謂的天才吧。」

我抓著吊環分析……

「之所以會認為她的想法不合邏輯，是因為我們只是凡人。班長眼中的世界八成與我們不同，才會選擇解決事情的最短路徑。」

「治郎你搞什麼啊，竟然幫班長說話。」

「因為班長總是能做出成果啊。她成績頂尖，班級事務也都默默完成。況且任誰被她那冷～漠到不行的眼神瞪了，都無法去忽視她。喜多村還不是一樣？」

「算是啦……誰叫那傢伙看起來超麻煩的——」

喜多村倚靠車門，一臉不悅地說。

放學過後的這段時間，電車上沒多少人。包含我和喜多村在內的乘客，都在各自打發時間。

「喜多村跟班長感情好嗎？」

「並不好。」

「我偶爾會看到妳們說話不是嗎？」

「我們又不是在閒話家常。她只是嘮叨說東西還沒交，或是高高在上地叫我注意儀容。」

「哦——不過看起來感情應該比我還好。」

「所以你要跟那班長約會？」

「嗯。」

「是跟治郎沒錯吧？」

「嗯。」

「你不覺得莫名其妙嗎？」

「就是啊。」

「要約會應該是我先才對吧。」

「不，妳這結論也很莫名其妙吧？」

喜多村一臉平淡說著，而我不禁吐槽。

「本來就是啊。我們倆變成朋友後，都還沒好好出去玩過呢。」

「是啊，的確沒一起去玩過。」

「而且，這還是班長把壞學生全明星集結成隊之前的事啊？那麼按照順序，本來就該由我先啊。」

她得意洋洋地說。

我倒覺得這邏輯還挺神祕的，然而不良就是這樣的生物，凡事都重視資歷跟先來後到。

雖然照這理論，應該是由美里的優先順位來得更高。雖然打從向她提出約會以來，我就壓根沒想過約會要去哪裡或做些什麼。

就連我也難以置信，自己竟然會思考這種事情。

那可是我耶？佐藤治郎耶？

現在狀況變化太大，人人都邀我約會，搞得我都不明白自己該如何消化這些行程。像這種能夠大大滿足自尊心的情境，應該可以消除我的無名怨憤才對——我本來是這麼想的，實際上卻並非如此。

因為，我又還沒實際跟人約會過。

另外我現在單純就是感到困擾。除了得決定和由美里約會時的具體方案，跟班長約會卻不明白她意圖也很傷腦筋，就算喜多村說要跟我約會，我手頭上各種資源也不夠充裕。

「是說你，不是在跟轉學生交往嗎？」

「嗯，應該算是。」

「那你還能跟其他女生約會喔。」

「她對這方面的管制，似乎設定得很鬆。」

「所以你能跟我約會囉？」

「嗯，應該……可以……吧？大概？」

「我有間想去的遊樂場！」

喜多村莞爾一笑。

她這麼一提，我還真找不出拒絕和她約會的理由。

那麼，總之……就去吧？約會，跟喜多村？

這友好度是不是通貨膨脹得有點誇張啊？

姑且不論我現在是不是處於桃花期，約會是這麼輕易就能做的事嗎？雖然對我而言門檻依舊高到不行。

「而且——」

喜多村再次一臉得意。

這個不良學生跟冰川碧恰恰相反，表情十分多變。

「要說最奇怪的，就是我竟然沒被拉進你們那支隊伍。」

「有什麼奇怪的？」

「當然奇怪。一般來說，像我這種人才被叫過去吧。」

「也是啦，畢竟喜多村是不良學生嘛。」

「拜託別說得那麼具體，怪丟臉的。總之，對啦。就是這麼回事。為什麼只有我沒被叫去，實在難以接受！」

「喜多村，妳會抽菸嗎？」

「才不會，那對身體不好。」

「嗑藥呢？」

「你現在是欠揍嗎？誰要吃那種東西。」

「考試成績呢？」

「名次從上面數還比較快，只要專心上課大概都能聽懂。」

「出席日數夠嗎？」

「根本全勤好嗎？我身體這麼健康。」

喜多村一臉狐疑，不明白我為何問這些事。

不不，妳倒是告訴我，妳哪有理由被叫進壞學生全明星隊裡？妳分明就是乖學生嘛。喜多村只是表現得像個不良學生，雖稱不上品行優良，但並不會是率先被校方盯上的學生。該說是因為她不像個不良學生嗎？或者該說她骨子裡一點都不壞呢。

「我要不要也加入壞學生全明星隊啊——」

「不，喜多村妳根本沒必要加入吧。」

「又沒差。我就擅自跟去，然後自顧自預習跟複習不就沒問題了。」

「會自主預習跟複習的學生，哪需要加入壞學生全明星隊。」

我堅決反對。

現在狀況就已經夠麻煩了。要是再讓喜多村加入肯定會更令人頭大。

而且，我有事想拜託她去做。

「先別管那些了。」

我開口。

「我有事情想拜託妳，可以嗎？」

「啊？拜託什麼？」

「我想知道班長的事。」

「啊啊？」

喜多村瞬間面露凶光。

「你現在是在講什麼屁話。所以你對碧有意思是嗎？想在約會前先擬定好戰略是吧？還叫我去收集情報？你這如意算盤會不會打得太好了？嗯？」

她踹我的腳狠瞪。這一連串舉止的確很像不良。

「我只能拜託喜多村了。」

但我不能退縮。

要是在此退縮，我就完全只能處於被動，就讓妳見識一下，我好歹也多少有些成長。

「詳細說明我先省略，總之我必須調查班長的事，才會希望妳幫忙。跟我相比，喜多村妳的人面廣泛不少吧？」

「我人面並沒有廣到那種程度好嗎？還有最先該解釋的，應該是你省略的『詳細說明』才對吧？」

「這部分，跟由美里有關。」

「啊……」

喜多村似乎稍微理解我的意思。

姑且不論好壞，那傢伙的名字，都能發揮水戶黃門印籠般的作用。

「感覺好麻煩啊，竟然是跟那傢伙扯上關係。」

「我知道這點確實很麻煩，但我不會給喜多村添麻煩的。也不會害妳跟由美里因為這事發生糾紛，這點我敢保證。應該說，如果會變那樣我根本不會拜託妳，因為最麻煩的人會是我。」

「嗯——對啦——你這麼說也是——」

「還有，我能拜託的朋友也只有喜多村了。」

「好吧，要做什麼都儘管說。」

她的態度產生了一百八十度轉變，是往好的方面。

她露出白皙牙齒微笑的模樣，彷彿神明一般。

什麼嘛。這傢伙其實是這麼好的人嗎？

我先前因為她是不良學生，又總是來煩我而討厭她，現在感覺真是抱歉。我的無名怨憤，似乎也因此稍微化解了。

是說喜多村經過前幾天的事後，也徹底變了個人。不管怎麼想，她也變得太好擺弄了吧？

我也終有一天會改變嗎？像喜多村那樣。

我能想像這麼一天到來，又好像不能。

而這件事讓我感到恐懼，又有些期待。

†

我拜託喜多村，收集班長的相關情報再向我報告後（至於代價，是陪她去想去的遊樂場玩，再加上請她吃飯），就下了電車。

回到家裡，老媽還沒回來。

這不是什麼罕見的事。那老太婆好歹是個國家公務員大人。而且，似乎還擔任相當重要的職位。她能時不時回到家，打掃洗衣服，偶爾做點晚餐，似乎是相當勉強自己才有辦法做到的事。如果她專注於工作，或許能夠爬到更高的位子……喂喂，拜託別用那種鄙視眼神看我好嗎？我可從來沒有認為自己是個孝順父母的乖兒子好不好？

我從冰箱隨便找了點東西吃。火腿、起司配上乾巴巴的麵包，以及咖啡牛奶。

我躺在沙發上，稍作歇息。

不過沒空一直休息了，要做的事可是堆積如山。我這校園種姓階級最底層的邊緣人，已經火燒屁股到非行動不可。

擬定計畫。

如何應對冰川碧。

怎麼跟壞學生全明星隊相處。

收集情報——也不能光是交給喜多村處理。

要是由美里願意幫忙就好了。那個自稱「自在」的傢伙，肯定能輕易準備好冰川碧的個人資料。她應該做得到吧？她可是跨足全世界的醫生耶？她能夠進入夢裡，甚至是獨自一人在全世界飛來飛去解決事件耶？

那傢伙到底是什麼人物？

是隸屬某個組織的特務？

軍事強國祕密開發的人型最終兵器？

天神由美里。這傢伙明明是一切的開端，而我最不瞭解的卻也是她。

反正就算叫她幫忙也沒用。況且不向天神由美里求助，這也是我當前的任務之一。

說到約會。

其實由美里才是我應該第一個約會的對象。她才是我必須瞭解的人，但我卻必須先跟冰川碧約會。不知為何事情就變成這樣了，況且各種意義上來說，就算想拒絕也沒用。一想到被班長那冷漠的眼神瞪我就怕死了，偏偏又不得不接近她。

還有那個，那則LINE訊息。

我怎麼又想起這不希望記住的事。就算告訴我她在說謊，我也無從處理啊。現在是在做什麼壓力測試嗎？是有人故意考驗我？一口氣塞這麼多課題我也處理不過來喔？

要做的事太多。

要留意的事也太多。

最近我漫畫網站的免費券都沒消耗掉，連手遊的排位戰也只能簡單打一下。

這麼從頭檢視過一遍我才發現。

我的人生，真的改變了。不論就好的或壞的層面來看。

而且，這八成還只是開端而已。就沒人能告訴我，未來到底會變怎樣嗎？

……不知不覺打了個盹。

連做夢的空閒都沒，一醒來就發現老媽回家了。

「我回來了。」

老媽說。

她一邊喝罐裝啤酒，一邊看著我的臉。

「幹麼？」

「嗯——沒事。」

盯——

她依舊死盯著我不放。

真不舒服，我從沙發站起。「幹麼啦——看一下又不會死。」老媽嘟嘴說，不過我才懶得理妳。

急忙走向二樓房間避難——換作是平時的我肯定會這麼做，今天卻沒有。也不知是剛睡醒腦袋還不清楚，還是累到根本不想動。

比起那些，我感受到一股氛圍。一股不太對勁的氛圍。

就結果而論，我的直覺是正確的。雖然也沒什麼好值得自誇。平時我盡可能不想跟老媽見面，但仍能察覺，她和平時不太一樣。

「最近如何？」

老媽問道。

她走回桌子又開了一罐啤酒。

「沒怎樣啊。」

我回答。

我不禁心想，這怎麼像是在旅途中進入一間酒吧，結果被陌生人攀談的場景。

「哼——是喔。」

「幹麼啦。真噁心。」

「啊，對了。那個啦，那個怎樣了？」

「哪個？」

「你跟小透，還有那個叫什麼，天神同學對吧。你們在交往嗎？」

「有沒有都沒差吧，跟妳又沒關係。」

「你腳踏兩條船？」

「踏個屁啊。」

「我個人推薦你選小透喔。她那麼可愛。」

「什麼跟什麼啦。」

「那你跟天神同學呢？還順利嗎？」

我頓時語塞。

要說出「吵死了，跟妳沒關係」非常簡單。只不過這麼做似乎是有點遜（光是產生這想法的時間點，我就察覺到自身變化了）。

話雖如此，當下這個處境，我也無法笑著回覆老媽那句「還順利嗎？」。

因為說來可悲，連我自己也搞不清楚狀況。

「大概。」

反正她再怎麼問東問西我都無法回答。

因此除了給予曖昧不清的正向答覆，我也別無他法。

「大概，還算順利。至少我是這麼希望，大概。」

「你這樣，果然算腳踏兩條船吧？」

「才沒有好嗎？」

「又沒差？你要腳踏兩條船也行啊。」

竟然可以喔。

現在到底是在扯什麼？

「反正你還年輕，要趁現在踏三條或四條船都可以，不然等你未來想做的時候就沒機會了。媽媽現在也覺得，早知道就趁年輕時體驗一下那些事。」

出現了。

妳就是這一點啦。

每次聊天，都專挑這種能排進兒子不想跟母親談的敏感話題前三名。

還每次都滿不在乎地聊起這種事。

「我倒是想知道，你們什麼時候交往的？你不是沒朋友嗎？ＳＮＳ上認識的？都趁我沒注意的時候偷偷來？哎呀，真沒想到——當了這麼久的母親，沒想到兒子竟然不知不覺就長大了。不過比起親生兒子沒有女人緣，腳踏兩條船可能還好得多了。」

老太婆咕哈哈地大笑。

還邊笑邊喝著啤酒，看起來心情不錯。

理解與寬容。

這不是硬逼自己理解，或是讓步妥協，更不是察言觀色想討兒子歡心。

她總是表現得如此自然，本來正常的兒子突然自卑搞起叛逆，她也沒張皇失措，沒曉以大義，沒過度深究，只有在我睡過頭時會狠狠把我敲醒——她就是這麼一個大概算是正經，旁人看了說不定會感到羨慕的母親。

這點也很叫我火大。

我知道自己總是恣意妄為，誰叫我可是個乖僻又自卑的青春期少年。

啊——真的有夠火大。

雖然我還是會聽妳說啦！

儘管算是一如既往，但今天的老太婆，果然不太對勁！

「發生什麼事嗎？」

我勉為其難問道。

既然察覺到了，放著不管感覺也很差。

就冰川碧的說法就是「效率差」。

反正難得有這機會，不然我跟老太婆幾乎不會像這樣當面聊天。麻煩事最好還是趁早解決。

「嗯——？什麼事？什麼意思？」

「我也不知道。是工作怎麼了嗎？」

「工作本來就會發生各種鳥事啊，應該說工作只會產生壓力好嗎？我得向許多人低頭，還得被各方面扯後腿。大人的世界可是很嚴苛的，你可要做好覺悟喔。」

「妳是不是有什麼心事啊。」

「有，我想見兒子的女朋友。欸欸，天神同學是個怎樣的人啊？」

「她莫名其妙到我才想知道她是怎樣的人。我不是問這個啦，真的沒有其他心事？」

「媽媽我——好想跟天神同學約會啊——如何？我們三人一起。就挑下星期天。」

這下沒救了。

我判斷她早已爛醉。媽媽從剛才就喝個不停，桌上已經擺了好幾個空罐。她到底拿兒子睡臉當配菜喝了多少酒啊。

我看差不多聊到這就夠了。

偶爾想當個正常兒子，卻落得這種下場。我知道大人的世界很辛苦，拜託妳就盡情暢飲，喝完倒頭睡覺吧，我現在可沒空再思考更多事了。另外約會妳想都別想，雖然連我自己都難以置信，但我已經排了三場預約。還有我就是死也不會跟自己老媽約會。

我順手回收空罐拿去丟，準備回到二樓。老太婆笑呵呵地揮手說「謝啦——」，而我無視走向階梯。

事情本該在此告終。

再三重申，我可是忙翻了。現在滿腦子都被未來計畫的事物塞爆，完全沒空去管這個喝到爛醉的母親。

「欸。」

老太婆叫住我。

「問個怪問題。」

我無視她走向階梯。

一切都來得太過突然。

老太婆用著朦朧不清的眼神看著我，但表情跟聲調卻莫名嚴肅，說出這樣一句話：

「我說你，真的是我兒子？」

……喂喂。

妳現在到底是在扯什麼？

# 第四話

我認為自己這時的處境，仍稱得上是得天獨厚。

即使有三個必須追求的對象，三場約會預定。對由美里仍舊一無所知，完全搞不清楚班長的事，和喜多村之間的往來不可馬虎處理，祥雲院依子跟星野美羽對我來說，依舊如大航海時代的新大陸般遙不可及，現在就連老媽都開始說出莫名其妙的話——

這些情況已經足夠令我抱頭苦惱了。

但起碼我還什麼都不知道。

因為我是事後才知曉一切。當我得知時，才明白一切都已經太遲了。

†

圖書館。

是我以前常去的地方。

小學時，我經常被老媽帶去。畢竟我父母也算得上是高學歷，所以他們明白讀書不該是被強迫，而是得自然接觸養成習慣的事。

我的環境得天獨厚，各位所言甚是。

不過，如果你們想說為什麼我成長環境這麼好還要搞自卑，那我可不打算聽。若是得天獨厚的傢伙都能過上順遂人生，這世上應該會變得更加和平且幸福才對。

總之我現在人在圖書館。

這是某區的中央圖書館。在這落成十年，稱不上時尚也非金碧輝煌，卻顯得莊嚴隆重的建築物裡，從散發霉味的舊書到最新暢銷作，都被陳列在直抵天花板的書櫃上，使得來館者絡繹不絕，熱鬧非凡。

熱鬧非凡，話雖如此，這裡到底是圖書館。能聽到的只有翻閱書本的聲音，踩踏地墊發出的腳步聲，或是外頭大馬路上車流不息的噪音。在這聽不到說話聲，想當然耳，圖書館禁止交談，這可是世界共通的規則。

意思是這裡並不適合拿來約會，因為根本無法說話。

而我和冰川碧的約會，卻以這明顯不適合拿來約會的圖書館做為舞臺。

「…………」

「…………」

一語不發。

一聲不響。

我和冰川碧各自翻開圖書，視線落在書本上。

姑且先解釋一下，這可不是我的主意喔？

選擇這場所的是班長，並不是我。我好歹會挑電影院或遊樂園之類的地方，起碼都比這裡好一點。

「效率比較好。」

班長是這麼主張的。

「去圖書館不用花錢還能念書。一舉兩得。」

是啊，的確是不用花錢，的確也能夠念書。雖然我覺得正常人不會拿效率或是一舉兩得之類的東西，來當作挑選約會場所的基準。

……當然，我並沒有這麼對她抗議。

因為很可怕啊。總覺得不論我說什麼她都會生氣。

而且我到現在還是不明白，這人怎麼突然就說要跟我約會。如果你們要抱怨我幹麼不問她理由，我也無從反駁就是了，但她可是冰川碧欸。很可怕欸。

「…………」

「…………」

一語不發。

一聲不響。

我們繼續看書。

翻頁時，傳來了輕飄飄的細碎聲響。

空間裡明明充滿著人，卻被寂靜所支配，彷彿走進深邃的森林裡。

我撐不住了。

如果是長年認識的對象，我可能勉強挺得住。

交往數年，雙方默契十足，那或許不會介意這個情境。

憑我跟班長之間的關係，太難受了。

至少當下，跟約會這單字能聯想到的情況恰恰相反。

這分明就是在坐禪。

「…………」

「…………」

完了，忍到極限了。

我靜靜起身。

班長瞄向我。

我比手畫腳說要去廁所，便匆匆離開現場。

噗哈——終於能鬆口氣。

我只想再問一次，這真的是約會？

這只是讀書會吧？實際上，班長穿的是我早已見慣的制服。與其說是沒什麼新奇的，不如說妳怎麼約會還穿這套衣服？就連我都多少會在意服裝儀容耶？

呼——我又舒了一口氣，接著拿起手機。

開啟 LINE 輸入文字。

今天的事，已經事先跟由美里還有喜多村說明過。順利的話當然沒問題，如果出狀況了，還希望她們倆能幫忙。

總之，我大致說明了現在情況。

意外降臨的初次約會，場所是圖書館，目前為止幾乎沒有對話，對方穿著制服專注在書本上。

等了一會後。

嘟嚕嚕、嘟嚕嚕。手機發出震動，馬上收到訊息了。

『蛤？去圖書館是要怎麼買土產給我，有夠無聊。』

『你真的有心想約會嗎？我真是太蠢了，竟然期待治郎同學能自行處理此事。』

……喜多村和由美里各自傳來訊息。

我能明白妳們會感到生氣或是傻眼，但能不能給點有實際意義的建言啊？先不說喜多村，由美里妳跟我的利害關係是一致的吧？

『靜觀其變，也只能先這樣了。』

由美里回答。

『既然你們已經在圖書館約會，就必須想辦法醞釀出約會氣氛，不然一切都毀了。期待治郎同學的表現。』

『若是袖手旁觀，那約會真的會就此結束喔。總之要想辦法起身行動。』

『你切記，千萬不能把一整天的約會都浪費在讀書上。』

妳可真嚴格。

如果事情真的變成那樣要怎麼辦？

『我揍你喔。』喜多村說。

『（笑）』由美里說。

哎呀——

妳們倆可真是嚴厲啊。

『治郎你這混帳，不准以這麼遜的方式結束約會。雖然班長怎樣都無所謂，但你什麼事都做不成會讓我火大。』

『若是你鎩羽而歸，那我肯定會讓你哭爹喊娘。各種層面上都會。』

感謝兩位令人心頭一暖的評語，我默默將手機收進口袋。

先來釐清現況吧。

①把四個女生追到手。

②瞭解天神由美里。

③瞭解自己的力量和立場。

④注意神祕訊息所講的事。

以及新增的⑤——注意老媽。

『我說你，真的是我兒子？』

這是幾天前發生的事。

老媽只有在那一瞬間顯得不對勁。隔天又恢復成平時的面貌，把睡過頭的我狠狠打醒。只要沒喝醉，她就是個還算正經的老媽。加上她好歹也是有點社會地位的人，過去都沒出現過什麼奇怪的言行舉止。

心理疾病？

精神官能症？

還是單純只是喝醉罷了？

我不明白。

我明白的只有，如果我是害她變成這樣的主因，那我會覺得自己實在沒救了。我知道自己是個人渣，但並沒有垃圾到對這種事無動於衷。

不過現在實在沒空管那個。

因為最優先事項①，正陷入苦戰。

我快步回到自己座位。

班長這次連瞄都沒瞄一眼。

只是默默翻頁。

她看的是組織管理、經營相關的書籍。講好聽點是追求實用，講難聽點就是一點都不可愛的選擇。

附帶一提，我們今天是相鄰而坐。

這其實，算是挺大的進展吧？

我們平時補習總是相對而坐。雖說是因為閱覽室的格局自然而然所致，但這可是天上掉下來的大好機會。

你們想想，異性相鄰而坐，不是有種特別的感覺嗎？就像是去家庭餐廳坐在四人座位，只要兩人稍微有點距離，就絕對不會相鄰而坐。甚至會選擇坐斜對角，藉此大幅擴展個人空間才對。

而現在，我跟班長正相鄰而坐。

這是不是挺厲害的事啊？

這根本是情侶了嘛，我們倆根本就在交往了。

……我偷偷操作手機，將這見解傳給小幫手們。

『只是意外而已吧，你剛才不也這麼講了，這種話自己說出口都不覺得丟臉嗎？』

『要囂張能不能等你跟她睡在同張床上再說？』

感謝兩位的嚴厲評語。

我邊看書邊觀察班長。

題外話，我正在看的，是寫給青少年看的夢境跟心理問題入門書。這內容小學生也看得懂，就算隨便翻翻也能看進去。最重要的是，這本書上寫的正是我現在所需要的情報。一舉兩得。這不是想學班長說話，不過時間必須要有效運用。

啪唰、啪唰。

輕快翻頁聲奏起——

我偷瞄向班長。

啪唰，翻頁，偷瞄。

冰川碧果然是個好女人。

她的鼻梁挺直，肌膚細緻。低頭將視線落在書本上的舉止，使亮澤到看似濡溼的睫毛更加醒目。

時不時能看到她用手指將耳邊頭髮往後撥，那動作簡直性感到讓人起雞皮疙瘩。明明早已見慣她身穿制服腰桿打直的坐姿，卻又莫名產生一種她身穿正裝的感覺，她散發出的氛圍，就好比是位於辦公大樓的大廳櫃檯小姐，或是在頭等艙服務的空姐一般。

真不錯。

她果然，是個好女人。

她和由美里那種，將男人願望完整具現化般的女人又不盡相同。拿料理來比喻的話，由美里是滿漢全席，而班長就像高格調的壽司店。主廚聚精會神默默地捏出一貫壽司，而客人也默默品味。

哎呀——

真的沒辦法把這傢伙玩到求饒嗎？

我指在現實，不是在夢中。嗯——完全不覺得能夠做到。

我放棄妄想那些自己高攀不上的事物，看回書本。

夢境。

也就是我的力量。

能夠自由操縱夢境——像是把看不順眼的傢伙拿來當奴隸般自由使喚——乍看之下是個非常有用的技能。

不過實際上，我的夢和現實有所牽連，會對現實帶來負面影響。

具體案例就是喜多村透。每晚都會出現在我夢裡的她（似乎是我把現實中喜多村透的意識拉過來），最終在無意識下（大概），創造出了暫稱為「夾縫世界」的空間，這麼實際一看，我才終於知道世界似乎真的被捲入危機之中。

之所以會用推測的語氣敘述這段事，是因為親眼看到這些現象的人非常少。具體來說，就只有我跟由美里。其他人既沒看過，更沒這類經驗。而喜多村本人則根本就不記得發生了些什麼。整起事件沒有媒體大肆宣傳，沒人拍攝影片發到網路上，更沒有政府負責人召開記者會說明。

我猜，最瞭解這事的人莫過於天神由美里，偏偏因為那則神祕訊息，害得我現在無法全盤信任她。

『天神由美里在說謊。』

這則訊息沒留下紀錄，不知道是誰傳的，我不認為被這則訊息耍得團團轉是明智之舉，但也無法忽視。

因為現在我敢肯定的唯一一件事，就是在我目前這狀況下，沒有任何一件事是確切的事實。

能夠相信的只有自己。能夠依賴的只有自己。

現在已經沒空管自己是不是個自卑邊緣人了，因為不論我再怎麼不甘願，都能理解現在絕對不能掉以輕心，這感覺就如同隻身潛入敵國的間諜活動。

傻子不可能勝任間諜。

既然事到如今腦子無法變聰明，我就只能不放過任何一件該做的事。誰叫現在情況就是這麼不妙，怎麼看都必須想辦法處理。

反正由美里是絕對不會允許我逃跑偷閒。

那傢伙起初以我的敵人身分出現，接著成為建言者或者說領航員，現在則變成我的戀人。

從開始至今，我們只有地位高低維持不變。

也就是說，天神由美里一直騎到我頭上。

喜多村、坐在我身旁的班長、囂張的辣妹、裝模作樣的文藝社員，每個傢伙在夢裡都對我唯命是聽，而由美里卻不同。只有她從來沒有屈居下風。

少瞧不起自卑又陰沉的傢伙啊？

像我們這類人，可是相當記仇喔？

……我邊想，邊看著書。

是說這本書，是不是還挺有趣的啊？而且派得上用場。不知道有沒有其他本系列書，乾脆借回家看好了，總之有多少都先借回去。雖然借太多書可能會被館員抱怨，不過適可而止的話應該沒問題。

……當我一回神。

不知不覺已經過了好長一段時間。

班長「砰」地將書本闔上站起，當她站起來時我才終於發現。咦？怎麼時間早就過正午了？

「吃午餐吧。」

班長如此催促，於是我們移動到大廳。

午餐？

啊啊，吃午餐啊。看來我剛才整個出神了。

而事到如今我才開始感到焦急。因為剛開頭就跑來圖書館，還在她的威壓之下默默讀書，害得我都忘記這是一場約會。糟糕，也對喔，就算是冰川碧也會吃午餐。呃——我原本計畫是要去哪裡吃東西？家庭餐廳？速食店？我有找到一間經濟實惠的洋食館，原本好像是打算邀她去那邊吃？

呃——班長打算想去哪吃什麼？

「已經決定了。」

冰川碧說著，並走向圖書館中庭。

中庭裡有幾張板凳。

她找空位坐下，從包包取出便當盒打開蓋子。

我（戰戰兢兢地）坐在她身旁，目不轉睛地看著便當盒裡頭。

是飯糰。

而且這個白米的聚合體，大到能拿來砸死人。而且有四顆。

上頭連個海苔都沒捲，這飯糰已經超越樸素，直達粗野的等級了。

「……難道說，這是便當？」

「這就是便當。」

她瞪向我說。

而我畏畏縮縮地提出看法。

「該怎麼說，這實在，不太像是，便當耶。」

「為什麼？」

「該說是外觀嗎？這裡頭，都沒有配菜嘛。這與其說是便當，不如說是白飯的聚合體。」

「這樣效率較好。不只便宜，還不用特地跑去餐廳。甚至不用煩惱要吃什麼。」

對啦，就卡路里效率來說可能是最佳解。

但這根本就是大塊頭孩子王會吃的便當吧。又或者類似力士吃的相撲鍋。

除此之外還有個致命的問題。

「這便當，好像營養不太均衡吧？」

「關於營養，完全無視。」

竟然無視了。

這人的效率至上主義，怎麼感覺漏洞百出啊？

「啊，對了，是裡面有塞料嗎？飯糰不是可以塞各式各樣的配料嗎？像是加鱈魚子、白煮蛋之類的，應該會很有營養。」

「裡頭只有加鹽。」

妳禁慾過頭了吧？

就算想幫腔，但在這狀況下估計只會成反效果。

捏得像顆岩石，調味還只有鹽巴的特大飯糰塞滿整個便當盒……怎麼看起來反倒像是某種高調系的餐點了。這就是所謂的SDGs（註1）？我也不太懂就

註1 聯合國永續發展目標（Sustainable Development Goals, SDGs）是聯合國確立的十七項目標，目的是解決全球性的環境、經濟、社會問題。

是了。

班長不顧在一旁困惑不已的我，直接啃起飯糰。

啃啃，嚼嚼。

吃得可真香啊。我之前都沒去在意，原來冰川碧這女人，向來都是吃這種東西。真是全新發現。

好了，姑且不論這個。

其實，我今天算是空手過來。

當然也沒帶便當。

真的是做夢也沒想到，出門約會竟然會吃這樣的午餐。正常來說，要做這種便當應該事前知會一聲才對吧。

這下怎麼辦。我該現在跑去便利商店嗎？也是有跳過這餐這個選項，不過認真念書真的讓我肚子餓癟了。雖然這種事意外還挺常見的，當人察覺到自己空腹的那一瞬間，就再也忍受不住飢餓了。

「沒帶午餐嗎？」

怎麼可能有帶，妳什麼都沒講啊。

「是嗎？」

班長說。

說完，便直盯著飯糰看。

「先問一下，我們現在是在約會對吧？」

「是的，是約會。」

「那妳有想過要順便幫我做便當嗎？」

「沒有。」

「……這姑且算是約會對吧？」

「是約會。」

「……好吧，老實說我實在搞不清楚，班長為什麼要找我約會。雖然我無法一口咬定這是一般觀點，但若在這種情況下，妳願意順便做我的便當，那可說是幫了我的大忙。至少就正常角度來說，這樣比較合理。」

「正常觀點。合理。」

班長重複道。

她身上散發出的氛圍，就像是海倫．凱勒有生以來，第一次理解了「水」這個單字的概念。等等，我剛才說的話是有這麼難懂嗎？

「合理，的確是。」

班長陷入漫長思考，最後認同我說。

「所以冰川，應該要分佐藤同學便當吃。冰川必須承認當下狀況非得這麼做，是這樣對吧。」

「先說好，我可不是在逼妳，只是這樣下去我就得跑趟便利商店買午餐吃。妳叫我去買的話我是會照做啦，可是這樣，我就不懂我們倆到底為什麼要約會了。」

「邏輯合理。你很聰明。」

「妳這麼稱讚我也高興不起來啊。」

「為什麼冰川要邀佐藤同學約會呢？」

「怎麼事到如今才拿這最根本的問題反問我。」

「這個飯糰，便當，分你。」

她陷入思考。

面有難色。

那表情彷彿是被命運以從未想像到的方式捉弄，又像是被要求將家人或戀人其中一個交出來當祭品。

有需要煩惱到這種程度嗎？妳表情簡直像個戰後饑荒時期的父親，為如何扶養十人家庭所苦。我並沒有那麼想要妳的便當好不好。我只是感到不可思議才會提問。

「…………」

班長繼續沉思。

針對要不要把飯糰分我這事，她顯得非常苦惱。

最後她「呼」地舒了一口氣說：

「好吧，分你。」

她把飯糰遞給我，還只給了半顆。

明明便當盒裡還多的是。

而且她那模樣很顯然依依不捨，是心不甘情不願才交了出來。不過是分了半顆飯糰，竟然糾結得像在苦思是否把自己身體切對半。

我吃著她分的飯糰心想，原來冰川碧是個貪吃鬼啊。平常都沒看到她露出這一面。

還有雖然很對不起她，可是這飯糰實在稱不上是好吃。不，我就直說了，有點難吃。原來這世上，還真有難吃的飯糰啊。抱持這種心情吃東西，不論是吃何種美食都變得食之無味了。

哎呀——

真是受教了。

原來這世上，真的有各式各樣的人。

若是沒這次機會，我想自己大概一生都不會發現。

原來觀點真的會改變。之前我只注意到班長的能力極高，以及銳利視線非常嚇人，不過現在的我可就不同了。之前我只覺得自己不可能追到冰川碧，仔細想想說不定還真的有機會喔？

「你真好懂。」

班長忽然說。

還拉近距離盯著我的臉看。

「你的表情就像在說，這傢伙說不定很好搞定。」

視線一如往常地冰冷。

那眼神像是想刺穿、挖開我，並把一切掏出。令我背脊跟下半身都不禁打顫。

我的興致直直往下掉。真的是非常抱歉，我這個底層垃圾不該囂張認為自己可能有戲唱。我現在是該下跪？還是該切腹？

「冰川沒生氣。」

班長說。

這是在幫我圓場嗎?她的視線依舊冰冷，不過嚼著飯糰時，那陣暴風雪似乎和緩不少。

「而且冰川也有收穫。冰川瞭解佐藤同學不少事。」

「我的事?」

即使是這種約會，我們仍共度了一段時光。多少都會對彼此有些瞭解。

「你很專心。翻頁速度非常快。」

「……?」

啊啊，原來如此。

是在說剛才讀書時的事啊。

「一共是三本。你在那短時間內，看完的書。」

「咦，我?有看這麼多本?」

「你連自己看過多少書都不記得?這是在自誇自己有多專注?」

我哪敢。

跟班長相比，我不過是隻水蚤罷了。

「沒有啦，我看的都是些入門書，內容簡單好懂。所以才會看比較快吧，大概？」

「你太謙虛了。冰川看的量還不到你的一半。」

「那是因為班長看的都是些艱難的書吧？」

「跟你一樣是簡單的入門書。你的反應讓冰川有點意外。冰川以為你是被稱讚就會得意忘形的人。」

呃，是喔。

應該說，這樣啊。原來我被稱讚了啊。

真沒想到，我竟然被冰川碧稱讚了。我從未想像過會發生這這種事，導致花了不少時間才消化整個情況。

意思是，我也許有機會？

雖然吃上她冷漠的視線好幾次，但這一切的開端，都是因為她主動邀請我約會。

嗯，沒錯。這一定表示我有機會。

而且說不定，我有機會直接轉大人？真的會發生這種事嗎？絕對有。一定行的。保證沒錯。

「果然。」

班長說。

並拉近距離盯著我的臉。

我們在中庭板凳並肩而坐。她大口咬著飯糰說：

「你是會得意忘形的人。」

「咦？是……這樣嗎？」

「冰川非常清楚你到底在想些什麼。你在用下流的眼神打量冰川。」

……噫欸欸。

她也太清楚我在想什麼了吧！

「剛才在閱覽室看書時也是如此對吧？你邊看冰川邊想些猥褻的事。冰川看起來這麼破綻百出嗎？看起來像是個能隨便讓人擺布的女人嗎？」

……噫欸欸。

出現了，絕對零度的視線。

「沒有啦……」

我現在只能回些曖昧不清的話，更無法直視她的眼睛。

沒得找藉口，也沒辦法打破現狀。

我就跟被蛇盯上的青蛙，砧板上的魚一樣。拜託妳直接給我痛快。我一個人實在無力挽回局勢。

「未來大概還會瞭解更多事情。」

班長大口咬著飯糰說。

「只要共度時光，即使再怎麼不願意都會瞭解彼此，那怕只是在一起默默看書也一樣。現在冰川瞭解了一些你的事情。而你也一樣。」

特大飯糰一轉眼就被她吃光。

她吃東西的模樣，看起來好比是海水打在北極圈的冰上，使得冰壁崩塌掉入冰冷的大海裡。

吃得無比快速。

讓人不禁讚嘆，真虧她能一邊快速吃飯一邊對話。

這也是效率至上主義所致？狼吞虎嚥會對腸胃造成負擔，長遠來看效率似乎不太好——光是思考這種事，似乎就證明了班長的主張是正確的。確實即使有千百個不願意，都會開始理解起對方。有太多事情，是不這麼一起相處就無法察覺到。

「所以這就是約會的目的？」

「要如何解釋是你的自由。」

班長回覆，接著一口咬下飯糰。

如此一來狀況就單純多了。今天來這，不過是為了增進壞學生全明星隊之間的感情。雖冠上約會名目，但別有其他目的。

嗯姆。

理解她做法的同時，也感到有些失望。

不過算了，早知道事情不會這麼順利，所以心裡還算能夠接受。呿，搞什麼，害我白期待了。還差點以為這傢伙可能很好搞定，這不是弄得我像個傻子嗎？

反正實際上我就是個傻子啦！

真抱歉喔，我這傻子還敢囂張！也沒辦法啦！誰叫我就是個笨蛋！

「吃完就回閱覽室吧。」

班長將手伸向最後一顆飯糰說。

「回去繼續看書。難得來到這裡，多花點時間讀書效率比較好。你也很在意書本後續內容吧？你都看得那麼專注了。」

「不，也沒多在意。我只是概略掃過一遍，也沒說多集中精神。而且剛才也講了，我看的都是些入門書。」

「你這一點。很討厭。」

咬。

冰川碧大啖飯糰，並用暴風雪般的眼神看向我。

雖然嘴巴嚼個不停使得魄力減半，不過依然刺人。害得我背脊跟下半身又不停打顫。

「不論你如何低估自己，能力都絕不算差，但你卻非要妄自菲薄。這世上效率最差的事，就是浪費自己天賦。而你就是最典型的例子，看了就讓人生氣。」

嗯呀——

不要啊——

妳的視線跟話語簡直要殺死我了——

話是這麼說，約會似乎還會繼續下去。最起碼沒走到最糟糕的田地，畢竟根據狀況，也是有可能現在就被對方趕回家。不過跟一個看了就讓人生氣的傢伙約會到底有何意義！這是什麼霸凌新招嗎!?

「呃——我先問一下。」

我咬著飯糰問。

「這場約會，應該說讀書會，到底會持續到幾點？」

「持續到閉館。」

「難得都來了，這麼做效率比較好是吧。」

「聽起來像在諷刺冰川。」

「我怎麼敢。呃──我再問一下，之後呢？有預定行程嗎？」

我並不是有所期待。

純粹是順便問問罷了。

正常來說都會問吧？既然都來了，多少都會想知道今天終點在哪吧。

「有。」

班長把最後一口飯糰塞進嘴裡，沒嚼幾口就吞了下去。

接著用一如往常的冷淡表情說：

「圖書館關門後，要去賓館。」

# 第五話

現在，我人正在冰川碧府上打擾。

†

起初我還以為這是什麼玩笑。

『佐藤同學。你是不是在想什麼下流的事？』

我以為她緊接著會這麼說，然後用平時那暴風雪般的眼神瞪我。或是純粹去賓館大廳或餐廳之類的地方吃飯，我得知後才笑說『什麼嘛，別捉弄我啦——』、『啊哈哈，抱歉抱歉』，兩人就這麼打哈哈帶過，最後終於讓氣氛變得像是在約會——我本來是這麼計畫的。

也有可能單純是我聽錯，她其實是想講：

『要去螢火蟲。』（註2）

之類的。

雖然我不知道這季節哪來的螢火蟲，不過有可能是某間餐廳的名字，也可能是某種比喻或隱語也說不定。不論是哪種可能性，都比賓館來得實際。我也有辦法應對。

是開玩笑，還是聽錯了。

其實只要問一下就能了結，卻偏偏找不到機會。

班長吃完午餐就馬上從板凳上起來，我只能慌慌張張地跟在她後頭，回到圖書館再次召開讀書大會。

只是這次書本內容根本讀不進腦子裡。

這時候就是得找人求救。

該找喜多村……算了，這問題問她似乎不太妙。總覺得事情只會變得更麻煩。

由美里呢？嗯……這實在不好說。萬一最後真的跑去賓館，也實在有點尷

註2　日文螢火蟲跟賓館諧音。

尬吧？況且事情真變那樣，就表示我任務達成了，那還何必找人求救？

想來想去，最後——

『說不定會意外順利。』

我就只傳了這句話給兩人。

『喂！你開什麼玩笑！給我等等。』喜多村說。

『那就沒問題了，祝你好運。』由美里說。

兩人各自回了這樣的訊息，之後喜多村還瘋狂傳訊息過來，可是我根本沒空一一回覆，現在滿腦子只想著該如何解釋她那句賓館發言。總算是挺過閉館前的漫長讀書時間後，我和班長兩人走出圖書館，筆直朝賓館街前進。

還真的喔。

欸，這不太妙吧？

我可是什麼都沒準備喔？不論是心理準備還是物理準備。

還有這行程到底是怎麼安排的？初次約會跑去圖書館消磨了一整天，才想說連牽手機會都沒有，這約會實在糟透了，接著就突然上賓館。

是說班長，妳還穿著制服耶？

就這麼走進賓館，怎麼想都不太妙吧？

「說這是角色扮演蒙混過去。」

班長平淡地說。

不不，不是這個問題吧？

這種藉口說得通？我怎麼覺得當下就會穿幫，當真沒問題？

我都明白喔？不可能會有這麼美的事發生，才會把各種結局都計算在內啊？不過，就算是開玩笑或是整人，只要一踏進賓館就不能找藉口了對吧。到時候就會一直線朝輔導或停學之類的結局前進不是嗎？

「不能去賓館？」

正常來說怎麼想都不行吧。

「那就去賓館以外的地方。這樣沒意見了吧？」

†

於是。

我現在，來到冰川碧家門前。

說實話，這麼做當然比去愛愛用的賓館好上一億倍。可是初次約會就直接到對方府上打擾，是不是抄了太多捷徑啊？

「進來。」

班長開門催促說。

我只能「啊、嗯」地回覆，但說完腳卻動彈不得，最後班長滿頭問號歪頭看我。

不，你們聽我說，這真的不能怪我。

在我深受打擊，心裡不斷找藉口的期間，就莫名被帶到這裡了。不過比起那些事情，我現在更為其他原因感到意外。

這裡是團地。

班長家。就是所謂的公營住宅。

說實話，我真的是感到震撼。

理由很簡單。因為這團地有夠破爛。

這不是什麼隨處可見的破房子。雨水槽跟紗窗生鏽，水泥剝落腐蝕，這破舊程度乍看之下，會讓人誤以為是戰前殘留至今的建築。應該說，這根本廢墟吧？裡頭真能住人？

這就是冰川碧的家？認真？

「進來。」

班長再次催促。

再發呆下去實在失禮。我感到背後被班長的催促狠狠推了一把，才終於踏入玄關。接著班長把門鎖好，再將門鏈掛上。

玄關沒有擺鞋，看來家裡沒人。

我變得更加緊張。理由有二，一是這個家裡只有我和班長獨處這項事實。另一個則是玄關到居住空間整個髒亂不堪，也就是俗稱的垃圾屋。遍地都是零食的空袋、空空如也的寶特瓶，吃剩的超商便當盒，脫了亂丟的衣服和襪子等等事物。

這不是什麼正常住家。

年輕如我看了都能明白，**這不是家**。

這就是崩壞的社會生活，抑或是人類關係崩壞後的末路。

我驟然想起。班長帶去圖書館，裡頭只有白米的飯糰便當，以及她出門約會還穿著制服。

這些都是必然的。理由相當單純，因為對她而言，並不存在其他選擇。

冰川碧並不擁有能吃頓奢侈午餐，以及準備漂亮衣服的生活環境。

「這邊。」

班長再次催促。

穿過如同垃圾場的客廳後，進到某個房間。

房間裡跟客廳不相上下，十分散亂。就算講好聽點，也只能用慘不忍睹來形容。我在垃圾山上看到幾本似曾相識的教科書，還有女生體育服跟學校指定的書包。

所以這裡，應該是冰川碧的房間。

「坐。」

班長催促。

而她自己也坐在床的邊邊。

不論各種意義上，我都被當前狀況所吞沒，連腳都動彈不得。「坐。」她再次催促，我才終於坐在床上。這房子到處都是垃圾，只有這張床莫名乾淨。

「你嚇到了。」

班長說。

她拉近距離盯著我的臉。

這個舉止，彷彿能把我連同內在徹底看透。這或許是班長的習慣，今天已經看過無數次了。

「這家很慘對吧。」

班長接著說。

「不過這就是冰川住的地方。感想是？」

「感想。」

「你怎麼看？」

大腦還來不及跟上現實。

我幾乎是順從本能，把腦中的話說出。

「賓館。」

「賓館？」

「妳不是說，要去賓館嗎？」

「那是騙你的。」

班長說。

她依舊盯著我的臉。

「冰川沒錢去賓館。你看就知道了吧。」

「嗯，說得對。我想也是。」

我竟然被騙得一愣一愣的——『不不，哪有可能去賓館啊！』、『那來冰川家？』、『那還好一點……』最後竟然演變成這樣。多麼高端的心理戰術，我真該向妳學一學。

我心裡接受的同時也察覺到。

自己當前的狀況。同學家。女生房間。獨處。兩人在床上。

可惜我神經病沒有大條到會開心地想：「好耶，天大的好機會！」

「呃……」

儘管猶豫，我仍繼續開口：

「回來的路，還挺遠的呢。」

我選擇拖延時間。

我不否認這是逼不得已才擠出的話，但除此之外我還能做啥？

「是啊。」

班長直盯著我表示同意。

「坐電車轉公車再走路得花兩小時。也因此沒人知道這個家。幫了大忙。」

「為什麼幫了大忙？」

「因為被知道很麻煩。冰川不想被人同情或是輕蔑。」

「朋友呢?她們說了什麼?該怎麼說,要是她們知道班長所處的情況,總會講點什麼東西吧,我猜。」

「不會說什麼。因為冰川沒有朋友。」

啊,原來如此。

我倒是懷疑是否真的像她講的一樣。

跟我相比,她絕對比較有溝通能力,加上擁有班長這個頭銜跟校園種姓階級最上層的威望,所以跟同學都能正常交談。不過我卻從沒看過、也沒聽說她私底下跟誰玩在一起。她沒參加社團,似乎也沒跟別人一起回家。

「呃——我先問一下。」

「什麼事?」

「雙親呢?不在嗎?」

「還活著。現在不在家而已。」

「出門工作了?」

「是啊,如果打柏青哥跟賭馬算是工作的話。」

嗯嘎——!

我幹麼問這種笨問題！

「呃——那他們還不會回家？」

「不會回家吧。照過往模式來看，八成不會。」

「意思是也有可能會回來？」

「有問題嗎？」

「我想，大概會有問題吧。可能。有點問題。」

「沒關係。**他們都知道**。」

……欸欸？

這句話，怎麼聽起來不大對勁？該說是想像的點跟點連成線嗎？或者是狀況逐漸鮮明起來了。

她雙親知道。

大概是指今天的事。

雙親知道女兒要約會，所以貼心地出門——應該不是這麼一回事。

放任主義，是這樣還不成問題。放棄育兒，也都算好。

我腦中想像的，是更加慘烈的事。

這個家的荒廢程度。班長另有意涵的說詞。沉溺賭博的雙親。莫名乾淨的床。**他們家生活費從哪生出來的**？

——霎時間。

班長把身子靠過來。

班長的手，靜靜地重合在我手上。

房裡昏暗潮溼，瀰漫著一股腐敗酸臭，還處處都能聞到某種類似發霉的氣味。

即使如此，從我身旁卻傳來了極具刺激的香氣，在我聞到的瞬間，大腦就變得昏昏沉沉。

這不是香水，也不是洗髮精或肥皂的味道。

這大概，是我所不知道，也從沒想過要去瞭解的某種味道。

這是女人的香氣。

「等等、等等。」

「你喜歡多話的人？」

「不，並沒有。應該說我不是想講這個。」

「你平時窩在教室角落，全身散發出『我人畜無害，請別理我』的氣息。心裡卻只想把那些囂張的女人玩到哭出來，你就是這種人沒錯吧？」

為什麼妳會知道。

我說真的。為什麼妳會知道？

「你不想實現願望嗎？想不想把冰川玩到求饒？」

「不，我沒打算這麼做。至少現實上，我真的——」

「那就由冰川把你弄到求饒。」

她靠得更近了。

距離近到肌膚能感受到體溫，呼氣都能傳到耳邊。

我頓時坐立難安。

也許是班長看透這點，於是緊緊握住我的手。

握住的同時，身體乾脆整個貼上來。她可能運用了柔術或合氣道的要領，輕易將我推倒在床。擅長運動的人真不公平。

「最近，冰川有時會搞不清楚自己。」

班長維持撲倒我的姿勢說。

「冰川竟然認為，和你應該得是上、被上，傷害、被傷害的關係。而且跟生意無關。到底是為什麼？這種想法，不知不覺就在冰川腦中蔓延開來了。」

聽了這句話我才終於明白。

我也太蠢了，怎麼到現在想到。

**我明明就在喜多村那次經驗過這件事啊**。

「……關於這點，我們能不能坐下來聊聊。我有件事必須告訴班長。」

「不好意思，冰川不喜歡聊天。」

班長俯視著我。

表情依舊無比冰冷——不對。就連在這昏暗房裡都能看出，她臉頰泛上一抹嫣紅。

而且眼睛閃爍著光芒——這並不是比喻，是真的看起來閃閃發光。就好似是在銀河深淵中閃爍，將一切靠近事物燃燒殆盡的不祥恆星。

她嘴唇逐漸逼近，而我無法動彈。

糟了。

怎麼有點既視感。

喜多村當時也是一樣。**她也是轉眼間就變了個樣**。

就沒什麼辦法脫身嗎？

我看向四周。

環顧房間一圈，試圖尋找救命稻草。

正好一個相框映入眼簾。那東西擺在班長書桌角落，只有那上面沒有蒙上灰塵，我忍不住問道。

「那是誰？姊姊？還是妹妹？」

班長動作頓時停住。

照片上拍到兩個人，外觀看似是小學生到國中生。

兩個女生並排微笑。其中一人坐著輪椅，另一人則倚靠輪椅。兩人看起來十分相似。其中一人肯定是冰川碧沒錯。絕對零度的班長竟然在微笑，光這點就已經是天大的新聞了，但我在意的情報並不是這點：

「雖然不知道是妳姊姊還是妹妹，她還沒回來嗎？這麼晚她應該快回家了吧？」

我拚命扯開話題。

「若是她突然回來肯定不妙吧？嗯，到時候絕對會很尷尬。嗯。」

「她不會回來。」

「啊，這樣啊。難道她住院了？我看她坐著輪椅，是受傷還是生病了？」

「不，她死了。」

嗯嘎——

聽了我只能陷入沉默。

「她被殺了。冰川殺的。所以姊姊不會回來了。」

……啊——真是夠了——

我到底在緊張個什麼勁啊。

冷靜想想不就知道了，這怎麼看都像是別有隱情，為何還偏偏要往那特大號的地雷踩下去，未免太蠢了吧。是說現在腦子都快炸開了，還一口氣丟這麼多情報過來，不是害我更加混亂嗎？

「所以不用介意。不會有人來。絕對不會。」

「不、等等。我想說的不是有沒有人會來——」

「不等。」

班長笑了。

這人竟然笑了。我還是第一次看到。

明明身在垃圾屋裡，卻為她的笑容感到興奮。多麼妖豔的笑容，就好似是無底洞般，只要一栽進去就再也無法脫身。

同時我也察覺到。

有一股花香。

在這種地方？花？的香味？

啪嘰、啪哩。

忽然傳出聲響。彷彿是冬天路面結冰，又被人踩上去的碎裂聲。

聲音是從身旁傳來的。眼前的班長，她的背上。不對，肩膀上，手上，最終全身都傳來這個聲音——

是一朵花。

以班長做為苗床，所長出的一朵花。

宛若是任誰都知道，卻又沒人見過的一朵花。

啪嘰、啪哩、啪嘰、啪哩。芽不斷扎根，花蕾不斷脹大，最終綻放盛開。開出的無數花朵，纏繞在班長身上。

那畫面極其不祥，卻又美到不像現實，估計，這東西可能真的會逐漸超脫現實。

我臉上頓失血色。

這下走投無路了嘛。

而且我猜，這個地方，冰川碧住的這整個破爛團地，是不是也會逐漸超脫這個世界。

**夾縫世界**。

喜多村那時我也經驗過。

喂喂，這下我該怎麼辦？

我還能怎麼辦，現在只能趕快跑路吧？

「你逃不了的。」

班長說。

她的笑容依舊妖豔，而且淒絕。

急促喘息直刺激我的頸部。

「別想逃。**這裡**不會有人來，也沒人能夠進來。」

啪嘰、啪哩。

啪嘰、啪哩。

花朵和緩地擴散開來。

最後充斥著整個房間。冰川碧和這個世界，都逐漸被花朵所侵蝕。

「沒關係，你想逃就逃逃看？想怎麼逃都行。雖然效率肯定很糟，不過這樣別有一番樂趣。冰川現在，感到十分興奮。很好、非常好，逃吧、快點逃。不然的話——」

她的瞳孔變成新月形狀。

冰川碧接著宣言道。

「**你會舒服到無法自拔**。那麼一來，你就真真正正地無法逃出冰川的手掌心。甚至無法繼續當人了。」

那可就傷腦筋了。

我確實有段時間自暴自棄，但可沒打算用這種形式放棄人生。

話是這麼說啦。

我現在是想逃都逃不了。

身體完全動不了，連一根手指都動彈不得，甚至無法開口說話。現在根本無計可施了，只剩下腦子格外清醒。

我只能再說一遍。

這下走投無路了，認真的。

叮咚——

就在此時。

玄關傳來了門鈴聲。

班長一臉驚訝。好耶，有人來了——我只放心了片刻，又立即感到不安。

有人來了。

誰來了？

**這裡已經不再是正常世界**。眼前的班長，瞳孔閃爍著非人的色彩，身體長出了神祕花朵，我就直說吧，冰川碧看上去，已經成為非人的某種東西。

叮咚——

門鈴再次響起。

不僅如此，這次還傳來了砰砰砰的敲門聲。

喀掐喀掐喀掐，接著聽到似乎是轉動門把的聲響。

然後，明顯傳來了大門打開的聲音。

不不不。

門不是上鎖了嗎？我記得班長確實有把門鎖好，甚至連門鏈都掛上了。

我陷入混亂，走廊則傳來了噠、噠、噠的腳步聲。

最終——

「嗨，打擾了。」

探出頭來的人，正是天神由美里。

我當然是驚呆了。

更令我吃驚的是，竟然**恢復了**。

你們問什麼恢復了？

當然是說冰川碧啊。

逐漸轉化成異形的班長，不知何時又變回板著一張臉的她。而且原本她把我按倒在床，卻突然跪坐在矮桌前喝茶。就連本該是被她推倒的我，也坐在班長身旁手拿茶杯。

也就是剛才那個世界裡。

發生在我身上窮途末路的情境。

全都當作「沒發生過」了。

充滿不祥花朵的那個房間，也早已不在。

「我想妳應該知道。」

由美里滿不在乎地走了過來。

抓住我的手將我拉起。

「他是我的戀人。我要把他帶走，沒問題吧？」

「…………」

班長啜了一口茶。

並不解地說：

「真奇怪。」

「怎麼說？」

「冰川為什麼在這喝茶，還跟佐藤同學在一起。」

「天曉得。或許是**本來應該會變這樣**吧。妳跟治郎同學在圖書館約會，最後回家進到這個房間，兩人喝茶聊天才是正常的關係才對。借用冰川同學的說法，就是這樣**效率比較好**。」

「是嗎？哼嗯。沒錯，一定是這麼回事……」

班長又啜了一口茶。

她看似理解當前狀況，又有點不像。她的神情一如既往地冰冷，眼神又彷佛還沒被拉回現實，使我難以捉摸她的思緒。

「對了，天神同學。妳來這做什麼？」

「沒什麼。我只是來當礙事鬼。」

「這裡是冰川的家。冰川不記得有招待妳進來。」

「請容我為擅自闖進來致歉，不過說到失禮我們倆算是不遑多讓。總而言之，約會就在此告一段落吧。那種事得講究氣氛，而我自認擅長判讀氛圍，妳意下如何？願意接受我的提案嗎？」

†

我們離開班長家。

我們等公車，轉乘電車，當走回見慣的自家附近時，早已入夜了，最後我們倆繞到我家附近的公園。

這段期間，我一句話也沒講。

由美里陪在我身邊，也是一語不發。

而最叫我意外的事，就是這段沉默的時光並不讓我感到難受。整整兩個小時，天神由美里都沒開口，她似乎不覺得這樣做有任何不自在，只是默默陪伴著我。

擅長判讀氛圍，她確實夠格說這種話。

能夠以自在為己任的世界醫生，原來如此，所以她也習慣陪伴患者是吧。

「如何？」

我們並排坐在夜晚公園的鞦韆上。

由美里這時才終於開口問。

「……如何，是指什麼？」

「現在的心情。我想聽聽治郎同學最真誠的想法。」

「放空狀態。」

那我就如妳所願老實回答。

「我什麼都沒搞明白。今天到底是出門做啥啊……呃——我本來是要和班長有第一次約會才對。一開始嘛，算是普通吧。雖然有些部分並稱不上是普通，但勉強算在普通的範圍內。」

我一五一十地說了出來。

冰川碧提議約會。

在圖書館默默看書。吃了絕對稱不上是好吃的純白米飯團當午餐。邀我去賓館。

接著，我被招待到宛如廢墟的冰川府上作客。被拉入夾縫世界。

然後，由美里伸出援手。

原本姑且算在普通的範疇內，卻在一瞬間風格驟變。那狀況快到我根本分不清到底是在哪產生變化，最終再次發生逆轉，所以我才會在這公園。

「發生太多事了。我現在根本摸不清頭緒。」

「正確判斷。」

由美里點頭。

並盪起鞦韆。

咯吱、咯吱。生鏽鎖鏈的摩擦聲響徹整個公園。

公園裡有晚上帶小孩出來玩的家長。假日出勤的上班族。拿單槓做伸展的運動員。

平凡到無以復加的景象。

剛才，估計是真的險些送命了。所以在我眼中看來，這畫面實在令人放心。

「那麼我就來回答治郎同學的問題吧。你想問些什麼？」

「想問什麼？」

「沒問題的話當然最好，但我想應該是不大可能。我什麼都會回答你，只要是我能回答的問題。」

想問的事實在太多了。

不過最想問的就是關於妳的事，由美里。

可惜像我這種雜兵，只能想辦法先應付眼前問題。

班長。

我必須知道，關於冰川碧的事。

「發生了什麼事？拜託妳說明一下，拜託淺顯易懂點。」

「這題並不難，應該說非常簡單，而且治郎同學已經親身體驗過了。」

「別賣關子，快點講。」

「那我就用一句話來解釋。冰川碧『發病了』。」

發病。

還真是一句話。

而且這句話確實切中核心。

我曾在喜多村透那次事件中看過。她變成怪物，「夾縫世界」出現，由美里差點死掉，最後似乎是由我解決對手，根據某人說法，那次事件還只是場新手教學。

我那能夠任意操控夢境的力量。

我這個世界的癌，散布了病的禍根。

最後禍根以冰川碧為苗床發芽了。

而我必須四處把自己散布的火種熄滅，簡直自導自演。

「你這個病，會專門寄居在人心弱點上。」

由美里解說道。

「就這點而論，冰川碧正是絕佳的苗床。我想治郎同學也發現了吧。」

「人心弱點？妳說的是班長耶？那個被眾人認同，連校方也信賴有加，可說是天下無敵的冰川碧耶？」

「表面上是那樣。她只是不斷隱藏真面目，實際上生活環境惡劣至極。與其說是惡劣，說她被榨取可能比較正確吧？冰川同學的雙親根本沒打算養育她，反倒是冰川同學在扶養成天賭博的雙親，這麼思考還比較正常。根據當前狀況判斷，她還是**靠著自己的身體賺錢**。」

真的是糟透了。

多麼簡單明瞭的底層生活，甚至讓人感到醜惡。

「不，這是真的嗎？說實話我還不敢置信。校方到底在搞什麼？他們早該知道班長的事吧？他們知道了還決定坐視不管嗎？這未免太噁心了吧。」

「如果只是坐視不管，或許還能用噁心兩字了結吧。」

「這話是什麼意思？」

「治郎同學，你試著思考看看，**有沒有可能校方人士是她的『顧客』**？」

我僵住了。

不、怎麼會，但另一方面，又覺得這樣合情合理。班長跟校方，關係密切到讓人感到異常，這早該成為聯想到這點的提示了。

「無論如何，現在狀況非常緊急。」

由美里眉頭深鎖。

「這次狀況八成要比喜多村同學那次還糟。剛才與對方接觸我就明白了。冰川同學現在非常危險。根據我的診斷，心中黑暗越深，越是過度壓抑，會導致反撲越強。所幸剛才我們能平安離開，實際上狀況很──不，應該說是太過危險了。」

由美里的聲調一如往常。

以自在為己任的她，在喜多村那次險些送命時，說話聲調也沒變過。

不過相反的，這樣才更令人毛骨悚然。因為由美里說狀況「太過危險」，就表示**那是事實**。我和她現在交情多少變深了，所以很清楚這一點。

「另一方面而言，也能說狀況還不錯，因為這次應該不會像先前一樣演變成突發狀況。這或許是個性差異所致吧，喜多村同學比較衝動，而冰川同學深思熟慮，這也使得症狀發展出現落差。」

「那該怎麼做？」

我問。

「狀況我大致上明白了，現在非得想辦法處理對吧。」

「是啊，畢竟這可是世界的危機。」

「到底該怎麼做？這次跟之前不同，稍微有點緩衝時間對吧？需要做準備或擬定對策嗎？」

「嗯，是啊。」

「要是班長變得跟喜多村一樣就不妙了吧？」

「嗯，那當然。」

態度真不乾脆。

真難得。天神由美里這人總是直來直往，有東西擋在面前，就會毫不猶豫連根拔起。怎麼這次卻優柔寡斷的。

「由美里，妳就直說吧。妳有什麼要我去做的事對吧？就算我只是個沒用的邊緣人，在這狀況下也是會挺身而出。我非做不可對吧，我猜有些事應該只有我能做到，也必須去完成。」

我們只相處了短暫時間。

我和班長，莫名其妙地一起行動、聊天，這些都還只是最近才發生的事。之前我們根本沒有任何交集，純粹是我單方面想「教訓」她而已。

這禍根或許是我自己種的。不過班長，冰川碧她，對我來說已經不是外人，我看到、也知道她的處境，如今無法坐視不管。

「嗯……」

由美里呻吟陷入思考。

夜晚公園。

樹木被風吹動發出搖曳聲。某條路上傳來車聲。溼潤土壤的氣味。

「其實我不太願意這麼做，但沒辦法了。」

由美里碎念道。

「治郎同學，這算是條修羅之路。若這樣你也能接受，那我有個提案。」

「……修羅之路，大概到哪種程度？」

「勉強算是的程度。」

「不，所以我問具體大概如何？」

「不能說。」

這算什麼。

我怎麼聽起來怪危險的。

「你是個男孩子對吧？在這種時候應該大大方方地點頭答應才對啊。」

就算妳現在硬搬出這種道理我也難以接受啊。

說實話，現在心裡都是不安和不滿。不過正如她所說，我只能點頭答應。

因為這件事與我本身利害有關。

「知道了啦，我答應。說出妳的提案吧。」

「答得好。我真的是越來越喜歡你了。」

少拍馬屁了。

「這可是真心話呢。」

快說啦。

到底是什麼提案？

「好吧，治郎同學。」

由美里對著我莞爾一笑。

那真的是非常燦爛的笑容。只要放在時尚雜誌封面，估計銷量能翻個十倍。但我看了反而不安升到頂點。這怎麼想，都像是要我做什麼不正經的事吧？

最後她正如我想像，說了這麼一句話。

還是用著與內容恰恰相反的燦爛笑容說出。

「能拜託你去死嗎？」

# 第六話

之後我學校請假了。

當然是裝病。我拜託老媽說必須得這麼做，說什麼都需要請這個假，只是理由不能講。

老媽稍微思考過後說「你想做就去做吧」，於是我欠老媽一次。儘管我根本沒空去欠她這個人情。畢竟我當前的任務⑤——注意老媽變化一事，也無法置之不理。

另外這段期間，班長也請假了。

這是幫我做調查的喜多村透所說的——詳細內容就晚點再提好了。

至於我跟由美里。

請假期間到底在做些什麼。

†

「當然是特訓啊。」

由美里說。

我從冰川碧家中脫離險境的那晚。

在我夢裡。

「在短期間集中訓練，學會達成目的所需的最低限度技能。多數場合下，這是別無他法時才逼不得已選擇的手段。雖然老套了點，卻很管用。來，我們開始吧，治郎同學。」

「不，等等。妳先等一下。」

我甩動手跟脖子表示拒絕。

我和由美里，在這沒有其他賓客的無人城堡中對峙。由美里變成瘟疫醫生的模樣，準備全力一戰。標誌性武器的手杖變成巨大手術刀，而她身體重心壓低，宛如熱帶草原的肉食野獸般蓄勢待發。

慢著，先暫停。

妳先說明一下啊？現在要開始幹麼？目的又是什麼？

「那還用說。」

砰。

她一腳將地板掀起攻向我。

我反射地閃躲開。

唰啞！

夢境空間的地板，被挖得坑坑洞洞，碎片四散。雖說是在夢境世界才有辦法做到，但真虧我能逃過。

「我知道你想幫冰川碧。不過憑現在的你是做不到的，所以需要特訓。這不是很合情合理嗎？」

「妳沒說特訓就是戰鬥啊!?我會死好不好！妳那嚇人的武器真會殺死我的!?」

「你回想起和我初次見面的那時候。」

由美里說著，並衝向我。

我抱頭鼠竄，冷汗直冒。地板又再次被轟飛。

「你當時每天晚上都會死對吧？你忍受住無數次的死亡。忍到最後，便取得了連我都無可奈何的耐性。」

「不不，那是以前的事好嗎？」

「那不是以前的事，而是現在仍持續中。你現在之所以還活著，**是因為閃過了我的第一擊**。就過往經驗來看，這是不可能發生的事。你承受我的手術，結果培養出耐性，意思是我的治療，顯然會使你成長。即使這非我所——願！」

颼！

她揮舞巨大手術刀。

我連滾帶爬地後跳閃躲。而由美里持續追擊。她使出一記斜砍，緊接著又來一記橫掃。攻擊險些擦到我的鼻頭，但總算是閃過了。我冷汗直冒，聲音顫抖。

「等等等等一下。不不。等一下。我說真的。」

「不好意思，現在沒時間了。」

由美里再次舉起手術刀。

擺出了架勢。就我這武術門外漢來看，那似乎是槍術、長刀術，加上中國武術所組成的架勢。

她絕對不是在虛張聲勢。哪怕我只是個外行，也能看出她相當習慣實戰。

應該說我能平安撐到現在根本是奇蹟了。

「接下來我們得跟時間賽跑。我已經是採用最悠哉的方法了。就連我們在特訓的這個瞬間，冰川碧都有可能完全發病，狀況會變得更加艱難。拜託你要在那之前覺醒喔，治郎同學。你有那樣的潛能才對。」

「覺醒？覺醒什麼？怎麼做？」

「**駕馭夢境**。」

由美里再次舉起手術刀。

現在是怎樣，搞得好像我不是學會就是去死。

「治郎同學，試著去想像。想像力就是一切的基準。而且**我和你所處的這個狀態**，本來就不是物理現象吧？但你應該能感受到，某種相當於現實中物理現象的事物。答案就在其中。」

「不是，我根本有聽沒懂。」

她揮下手術刀。

我急忙將力氣凝聚在腹部。就跟練拳擊時鍛鍊軀幹的要領相同。

我硬生生地吃下。

然後被打飛出去。

整個人轉個不停，像被砂石車輾過一樣，但姑且算沒事。也不知為何，我防禦技巧似乎變好了。

「慢著！就沒有其他方法嗎!?」

「沒有，因為這是你種下的禍根，必須由你來剷除。當然要這麼講也可以，『自己的屁股自己擦乾淨』。」

我實在無話可說。

真假？真沒其他辦法？

「還有你別看我這樣，其實可是很忙的。世界的危機並不只有這件事，要全部應付是不可能的，但也不能放著不管。雖然自己說實在沒說服力，不過我可是隨時隨地都在過困難模式。接下來，你將耗盡精神力陷入睡眠，而我得繼續去當義工。有其他問題嗎？沒有對吧？那我們繼續。」

於是我死了。

一半是比喻，另一半是事實。不，是真的要死了。

一開始認識由美里時，我每天早上都會發出慘叫從床上彈起。然而在特訓第一天結束，我一早醒來卻疲憊到聲音都發不出來。

我連滾帶爬地下到一樓，將看到的食物一個個塞入口中，然後再回去睡得像灘爛泥。

這次沒有做夢。

因為沒那空閒。

†

——說真的，特訓片段也沒什麼有趣的，基本上就是我被打到吐血。

重點是喜多村。

我拜託她收集冰川碧的相關情報。

特訓開始第三天。

總算是稍微習慣死掉了，這一天我就像在雪山遇難的登山者，勉強操作著手機。而我的助手華生，說要直接見面，告訴我調查結果。

「真的是很不妙。」

喜多村簡潔說出結論。

「也不知道該說不妙，還是很危險。只能說她真的是過得很慘。雖然這樣講很不負責任，總之她大概不行了，真的完了。感覺一切都太遲了……」

不妙是指什麼？

「她真實的那一面。不對，我不是說她做了壞事。碧大概沒做錯什麼。不過真的是糟透了，這怎麼想都不妙。真虧她還能正常上學。」

具體來說是怎樣？

到底什麼事不妙？

「就是……環境？用一句話來講，就是人生跌落谷底吧？大概。我也算是經歷過不少事情才會學壞，不過碧的那些事有點……嗯，總之，我雖然沒資格對別人指指點點，可是總覺得……你懂的嘛？」

喜多村接著說下去。

冰川碧究竟是怎麼個不妙法。

「她以前似乎不是這樣的。

我是指碧。剛才也說過，她跟我有點類似。

那傢伙，大概從來沒對我們學校的人講過這些事，可能就連親近的人也沒提過。所以我蒐集到的情報，幾乎都是那傢伙小學跟國中時期的同學那邊打聽到的。

總而言之，你先聽我說。

以前冰川碧似乎是個普通女生。有正常工作的雙親，有能住的家。而且你知道嘛，那傢伙頭腦很好，也有運動細胞。感覺就是父母自豪的女兒。

然後，她似乎責任感也很強，從小學起就一直當班長。真好笑，這傢伙似乎天生就是當班長的料。反正啦，她基本上個性很認真。不過相反來看，也能說她很多事都會悶在心裡。」

「她其實很貼心，長得也可愛。所以過去有不少朋友。也比一般人都善於交際。

我正好就是向碧過去的朋友打聽到。我靠自己的人脈，四處跑來跑去打聽情報，搞得像突擊採訪一樣——算了，我有多辛苦一點都不重要。先說回碧的事。

總之，那傢伙根本沒做錯什麼。她有正常的父母，有很多朋友……

可是，對了。

我忘了講最重要的事。

那傢伙有個姊姊，是雙胞胎。」

「說是雙胞胎，不過她跟碧一點都不像。她身體虛弱，老是生病，就連學校也很少去。經常請假好幾個月住院之類的。

也因為這樣，姊姊那邊的情報幾乎我都沒有打聽到。聽說她跟碧的個性也正好相反。

這對完全相反的姊妹，感情卻很要好。碧經常推著姊姊坐的輪椅，一起去公園之類的地方散步。」

「可是，冰川家的一切，卻逐漸發生異常。詳情我也不太清楚，好像是沉迷宗教還賭博之類的東西。

她們一家從以前就非常不幸，所以才會變成那樣。最後就搬走了，聽說還跟夜逃沒兩樣。

然後。

接下來這些真的只是傳聞而已。聽說她雙親自從沉迷宗教跟賭博後，就完全沒在工作。

但她家似乎也沒接受社會補助，或是親人救濟之類的。

而依舊每天上學的碧，似乎也沒受到虐待。但她說話次數慢慢變少，個性也完全變了個人，不過她仍是個完美的乖學生，服裝儀容也都正常。聽說旁人都覺得不可思議，父母明明那麼糟糕，為什麼只有碧過得那麼一板一眼的，反而顯得不正常。

講真的啦，我是覺得這也沒啥好訝異的就是了。她父母過去都有好好工作，有巨額存款也不足為奇。

即使姊姊不停住院，只要靠保險之類的，其實醫療費並不會花到那麼多錢，大概是這樣吧，我猜。

哪怕是沉迷宗教，又不是所有人都會被騙到一貧如洗。說不定有可能是她父母老家很有錢之類的。如果真是這樣，他們應該也不太需要為錢發愁吧？

還有樂透之類的！只要中大獎了就翻身了。就算不用工作也能過活，就算沉迷宗教賭博也不痛不癢對吧！真令人羨慕啊——我好想說說看『我不愁錢』這種臺詞。

所以，就這樣，嗯。

沒什麼好稀奇的。

像那種不知是真是假的奇怪謠言，你也不想聽吧。」

†

她說到這開始顧左右而言他。

喜多村說完一連串的話後，便看向別處，那張側臉看上去非常煩躁。她雙手抱胸嘖了一聲，眉頭緊緊皺成一團。

我問道：「妳有沒有聽說什麼奇怪的謠言？譬如有不特定多數男性出入班長家——之類的。」

「…………」

喜多村沒有回話。

她是個好人，而我後悔提這問題。

「誰叫這個！怎麼想都不對勁啊！」

喜多村將心中不滿傾出。

「如果這些事是真的，那就表示碧她從以前就一直在做這種事——這怎麼想都不對勁吧，我可是不會相信。我跟她感情並不算好，也不是想為她做點什麼，但這種屁話光聽到就火大。哪有可能，我才不信呢——」

喜多村像個心裡受傷的小孩，不斷重複著「我不相信」，而我無法多說什麼。

因為我也深受打擊。

我跟喜多村不同，是親眼看到班長的家跟房間。

不過，我其實沒什麼資格說自己受到打擊就是了。就算被人說「你裝什麼偽君子」，我也無從反駁。

「原來妳這麼行啊。」

我說。

這時候，應該要講點慰勞她的話吧。

「虧妳能打聽到這麼多情報。有這樣的技能，去到哪都能混得不錯吧。不好意思拜託妳做這種奇怪的事，我會找機會回禮的。」

「那種事怎樣都無所謂啦。你打算怎麼辦？要放著碧的事不管嗎？那傢伙今天也請假了，那個乖學生耶。絕對有古怪，肯定發生了什麼事。」

確實發生了。

只是我無法說出來。

「還有，其實我說出來了。在找治郎前，我去找班導跟其他老師談過。我查著查著就發現了，這些事絕不單純。所以要先告訴老師才合乎道理，因為這些分明就是大人的工作啊？」

「老師說什麼？」

「**什麼都沒說**！那些傢伙什麼都沒做，講話還顧左右而言他，我都把狀況說明清楚了。自己學生顯然是出事了，老師們竟然什麼都不肯做。他們只隨口說句『剩下交給大人處理』，我問具體來說是要怎麼處理，竟然連回都不回我。那些傢伙是搞屁啊？自己學生出事了耶？他們腦子有問題嗎？」

確實是有問題。

但與其說是腦子，不如說是私德有問題。

沒辦法啊，喜多村。因為這件事，校方很有可能是知情不報。若事情真是這樣，那的確很瞎就是了。

「所以咧，你打算怎麼辦？」

喜多村瞪向我。

「我是不清楚為什麼治郎突然想調查班長的事，但你肯定知道些什麼吧？而且你還跟班長同一時間請假。怎麼辦？治郎你腦袋比我還靈光不是嗎？總能做些什麼吧？」

†

我和她約好，會想辦法處理。

喜多村已經完成了我拜託的事。雖然她問「有什麼我能幫忙的嗎？」，但我拒絕了。

「喜多村，這是我的問題。」

沒錯，我的問題。

這個會鬧出新聞的麻煩事是因我而起。自己的屁股得自己擦。

†

這個名為特訓的促成栽培，或者說是人體實驗仍在繼續。

聽起來是挺簡單的，不過這可是地獄啊？

我會死耶。就主觀而言，我是真的被由美里殺死了。

還是一晚被殺無數次。

我在夢中死去，在夢中甦醒，無限迴圈直到早晨，終於以為能睡覺了，又馬上來到夜裡，繼續一再死而復生。

老實說，我真的哭著求饒了。甚至還漏尿。

不過由美里並沒放過我。「你不是說了會盡力而為嗎？既然決定要為冰川同學付出一份心力，那就貫徹到底。」

妳說的是。

但妳真的是惡鬼。如果事前知道會這麼要命，我都懷疑自己會不會同意接受這份苦難，禍從口出就是這麼一回事。

†

而命運的一天終於到來。

「特訓中斷。」

特訓開始第五天。

那天夜晚，在我夢裡現身的由美里一開口就這麼說。

「冰川碧即將發病，我們只能硬著頭皮上了。」

「真的假的？是說我，連自己具體來說該做些什麼都不知道啊？我真的有辦法處理嗎？這幾天我只有不斷被妳痛扁而已耶？」

「我們先來整理當下情況。」

由美里穿著一如既往的瘟疫醫生服。

「冰川碧已經到極限了。表面上這幾天她只是無故缺席，實際狀況則是更糟。說實話，她已經不是這個世間的生物了。」

「……什麼意思？」

「她患上治郎同學這個疾病，變成怪物，並將自己從現世中切割。冰川碧這陣子都窩在自己家裡，不過那邊，已經不是我們所知的破舊團地了。冰川碧只將自己的殘影，或者說是殘渣留在現實，然後把自己跟住處化為異界。」

我完全無法理解。

但起碼能判讀字面上意思。

反正就是現在狀況不妙對吧？

「名為冰川碧的種子已經發芽，長出枝葉，現在終於開花了。最後她只會留下破滅的果實。如此一來不光是她有危險，甚至會危害到現實世界。把她放著不管的風險實在太大。」

「那該怎麼辦？現在去班長家有辦法處理嗎？」

「去了也沒用。現實世界中的冰川同學家已經成了空殼。沒有任何人在，也不會有人察覺異狀。我剛才說了吧？她將自己和住處整個化為異界。」

「所以化為異界到底是什麼意思啦。班長現在到底在哪？現在不見到班長就無法處理不是嗎？」

「哎呀，我還以為這道理不言自明，你已經聽懂了才對啊。」

我說由美里喔。

妳就是這個壞習慣不好。

現在是賣關子的時候嗎？雖然不知道發生什麼事，但妳不是說時間限制到了？

有方法就拜託妳快點講，我照做就是。我可是為了做這件事，才拚死努力了五天耶。

「失禮了，那麼廢話不多說。」

由美里說完便抓住我的手。

幹麼？看她的動作，現在是要跳土風舞嗎？這點程度可不會讓我驚慌失措喔？即使能直接感受到她柔嫩的手掌，那身瘟疫醫生打扮實在是無法讓人心動。

「話是這麼說，你說話變得好急，臉也紅起來了呢？」

由美里呵呵地笑，並牽著我的手踏出步伐。

我們走著。

等等，是要走去哪？

這裡是我夢中。是由我打造，為了我所存在，也只屬於我的空想世界。

雖能前往任何地方，但也哪都不能去——在我思考期間，由美里加快了步行速度。

步行變成急馳。

急馳變成全力衝刺——而且速度不斷提升，變得像新幹線、不，甚至成了能輕易飛越新幹線的噴射機。等等，現在是怎樣。速度快到身體被她硬是拖著，好像隨時會變成碎片了。這G力太扯了吧。等、先暫——

「靠想像力，治郎同學。」

她再次加速。

而我意識快飛走了。

不對吧。我說過無數次了，這裡可是我的夢境，是我能任意操控的世界啊？現在是怎樣，感覺像被不知名的電腦病毒駭入，儘管意識清醒，身體卻不聽使喚。

應該說，現在這是什麼狀況？

我們要去哪？這是在往某個地方前進對吧？

「以牙還牙，以眼還眼，以夢還夢。」

由美里說。

她大概是這麼說的。我快飛走的意識如此感覺到，實際上，她可能是靠心電感應之類的東西傳達給我。

「你忘了嗎？我是自在的。」

聽不懂。

所以到底是什麼意思？

**「我們要闖進冰川碧的夢裡。」**

什麼都看不見。

速度八成再次提升了。

現在遠遠超越音速，或許直逼光速也說不定。

意識明明快飛了，卻有部分感覺變得特別敏銳。

只有手掌上，由美里那溫暖的觸感，成為我能感受到的一切，而我們現在似乎超越光速，身體可能真的被撕成碎片，變得七零八落，最終像被陽光照到的吸血鬼化作塵埃，變成粒子。就在超越某種極限的瞬間，我產生了這種感覺。

轟的一聲。

我感到自己被厚重的空氣包覆住，又像是高空跳傘時打開降落傘的感覺。

速度急速減緩。

不知不覺中，我已取回意識。

「做得漂亮。」

傳來聲音。

是由美里的聲音。

「你突破高牆，脫胎換骨了。本來意識和精神的障壁，是無法被超越的東西。治郎同學果然很有才能，我總算是沒有白鍛鍊你。」

我看著由美里。

心想「哇哦」。

這樣或許不太得體，不過是我真心這麼想。

「這反應真是不錯，治郎同學。」

我看到入迷。

而由美里笑得像隻反覆無常的貓。

「我好久沒穿成這樣了。你也很喜歡這模樣對吧？畢竟這可是為了符合你的喜好才特地改造的。」

上次看到也不算是多久以前吧。

但心情上確實是好久沒見到。

她的裝扮從瘟疫醫生，搖身一變為英勇又絢爛奪目的白衣。

那把巨大詭異，造型卻又莫名典雅的手術刀，閃爍著耀眼銀光。

變身果然很棒啊。

這也太狡猾了。親眼目睹醜小鴨變成天鵝展翅高飛，任誰都會心動吧？

不過，由美里放棄瘟疫醫生裝扮，穿成這副模樣的意思就是──

「……這是什麼鬼東西。」

我才終於發現。

現在所處的地方。

眼前有一座城堡。

講是講城堡，但實際上我也不知道那是什麼。

這構造物十分巨大。

是由類似植物的東西所組成的扭曲不明物體。

一堆類似藤蔓、樹枝、樹葉的東西，錯綜複雜地纏繞在一塊，使它體積變大變寬，高高地矗立。以我所知的詞彙，實在無法正確地形容這物體，才只好姑且稱作是城堡。

不光是造型，就連色調也難以言喻。

這東西以藍色為基調，上頭布滿似是金線銀線，這一類閃閃發光的東西，又像是浮在水面上的彩虹色油脂，外觀雖看似植物，卻像金屬般堅硬，或者如橡膠般充滿彈性。看得我腦中一片混亂。

這是什麼？

這到底是什麼東西？

「這是『夢』。是冰川碧所做的夢。」

由美里說。

我念念有詞地重複她口中的「夢」，又再次看向那物體。

這東西。

是班長做的，夢。

這怎麼看，都像瘋狂藝術家臨終前留下的遺作。

而妳說這玩意就是冰川碧做的夢？

「這下治郎同學應該知道，自己所做的夢有多麼正常了吧。你的慾望非常正直，單純清新又有活力——不過這個夢境所表現出的深層心理，並不是三言兩語就能說清楚的。」

由美里舉起手術刀。

此時我才察覺。

有東西來了。

某種東西周遭發出了「嗡嗡嗡嗡嗡嗯」的振翅聲，朝著我們逼近。

「這是她的防禦本能。」

我的天。

這是什麼鬼？

眼前出現了個怪東西。

一種看似是鳥，又像是蟲，大概有一顆排球大小的不明生物，發出了嗡嗡嗡嗡的刺耳聲響。

「就人體來講的話，這東西就類似免疫系統，你就當是白血球吧。牠現在判定我們是異物，當然，也無法跟牠講道理。」

「那、那該怎麼辦？」

「硬闖過關。」

來了。

名為防衛本能的尖兵。

這外型球狀，翅膀像蝙蝠又像蜻蜓的怪東西直衝向我們，還張開血盆大口，露出一排銳牙。

銀光一閃。

不明生物被斬成兩半。最後如燒成灰燼的紙片般消失。

什麼嘛，根本沒什麼大不了的。真是白操心了。

「哪可能這麼簡單。」

由美里傻眼地說，並用下巴示意。

我嘴角抽動。

有一團東西發出嗡嗡嗡嗡嗡的振翅聲，從城堡裡飛了出來。簡直多不勝數。

而且不全是排球大小。其中有運動會上拿來滾的大球尺寸，還有跟熱氣球不相上下的大傢伙。

「我們的任務，是將冰川碧患上的疾病切除。」

由美里舉起手術刀說。

「冰川碧就位於城堡中心，就跟治郎同學坐在城堡王座上夜夜笙歌一樣。我們得先想辦法抵達那邊才行。」

「……怎麼做？」

「當然靠硬闖。就跟我闖進你夢裡所做的事相同。」

真的假的。

這麼說也對。如果我的夢跟班長的夢是類似的東西，那當然也會有防衛本能運作。

不過。

那群不明生物，已經近在眼前了。

這怎麼看都不妙吧？

那麼大一群對手，由美里真的有辦法解決嗎？

「開玩笑，跟那種東西打根本沒完沒了，我們要殺出一條路。不好意思，沒做演練就要你直接上陣，但人生就是如此。拜託你了，治郎同學。」

「咦、等等，拜託我？要做什麼？」

「你以為我為什麼要狠狠修理你啊？當然是為了在這種時候多一個人手啊。我只是怕你臨陣退縮才沒講。」

真的假的。

咦、不、可是。咦咦？

在聊天過程中，不明生物已經逼近。

與其說逼近，不如說我們被包圍了。現在無路可退。

壓迫感也太誇張了，我根本不想數這些傢伙到底有多少隻。這不是包圍網，而是包圍壁了。雖然冒出這批不明生物的詭異城堡也大到讓我嚇到，但如今我們被百鬼夜行的妖怪們團團圍住，狀況足以令人絕望。

「好了。」

由美里擺出架勢。

她雙腳微開，雙手舉起巨大手術刀。

咻咿的一聲，手術刀頓時改變造型。

我該怎麼形容才好呢……手術刀前端，長出了像是阿諾·史瓦辛格會拿的重火器。就好比是把重機槍硬裝在槍刀上，光是看了就覺得誇張。

「治療開始（Operation）。你可別死喔，治郎同學。」

# 第七話

這還是第一次，我靠這麼近看由美里戰鬥。

不是說我從沒看過。喜多村那時，由美里就曾經大展身手過。而修理我的時候，由美里也是進入戰鬥狀態。

然而，卻不同。

由美里現在在我眼前戰鬥的模樣。

跟我過去所知道的，完全是不同的東西。

「是想像力，志郎同學。」

由美里說。

「想像力才能支配一切。不光是在夢境裡，在夾縫世界亦是，現實中當然也一樣——人之所以能擺動雙手雙腳走路，是因為**能想像出自己做到那件事**。若是失去想像力，會連走路這點小事都難如登天。我所說的這些是所謂的精神論，不過任誰都知道，精神與肉體兩者乃是相互依附的關係。」

「妳講這些！我也！聽不懂啊！」

我光是回話就費盡心力。

轉眼間演變成混戰的當下，根本無法正常對話。

沒錯，正是混戰。

不明生物大舉殺到，掀起戰端。接著四面八方不斷襲來，幾乎等同於海嘯，而我們則像被這道駭浪所翻弄的碎屑。在這壓倒性的數量暴力下，我們這兩個入侵者的存在，實在微不足道。

……不對。

不是我們。由美里並不一樣。

就身形來看，她雖然微不足道，卻擁有與核彈媲美的破壞力。

「看──招！」

用力一揮。

由美里手上的兵器。

那把巨大手術刀，一口氣將數隻不明生物斬成兩半。

同時，與手術刀化為一體的重火器噴出火花。

滋——嘎嘎嘎嘎。

那陣重低音，就彷彿是將手臂伸進腹部，直接撼動背脊。數隻、數十隻的不明生物，一口氣被打碎成肉末。當肉末化作灰燼，由美里沒有停歇，而是立刻瞄準下一個目標。噴出火花的手術刀，被轟飛的不明生物浪潮。

由美里咧嘴而笑。

她的眼神閃閃發光，從全身迸現出戰鬥本能。

好似是隻野獸。

還是那種擁有亮麗毛髮的那種。

「找到機會就向前衝。」

由美里再次舉起格林槍刀，看向我這。

「志郎同學！跟上來！」

那還用妳說。

我不過是個真真正正的碎屑，現在能做的只有卯盡全力跟上由美里。

混戰持續，連開口的空閒都沒，而且敵我數量差距懸殊。即使由美里全力大鬧，也難以突破免疫系統所組成的障壁。

是說，我根本沒屁用吧？

「光是能跟上來就夠了。」

由美里用心電感應說。

「這表示你有培養起想像力，不枉費我幫你特訓了。」

是這樣嗎？

我現在對自己的認知，就只是像條跟在金魚屁股的大便而已。

如果由美里是無雙遊戲裡的主角，那我講再怎麼好聽，也頂多是隻跟在身邊的吉祥物罷了。如果能用力賣萌還多少算有點用處，但那種事我可做不到。

是說，想像力？

我有做到？真的？

「如果治郎同學沒做到，那早就被拋在後頭了。光是還活著這項事實，就足以證明你有做到。」

由美里揮舞著格林槍刀對我掛保證。

也是，我都被由美里狠狠修理過了，最起碼能想像出她行動的模樣。如果連這點都想像不到，根本不可能一直跟在她後頭。仔細想想，我現在所做的，跟在電動攪拌機裡跳舞沒兩樣。

但沒有餘裕顧慮其他事倒是真的。

如果那群不明生物的牙、爪，隨便擦到我會怎樣？

我當然能想像出來。

不是被撕裂，斬成兩半，就是被剁碎。

那想像太過鮮明。**彷彿是曾經發生過這種事**。

不過，總會有辦法的。

這點程度的鬼門關我能闖過。

照目前狀況來看，應該沒問題。

「要加速了。」

妳等等。

別加速。

就說我要跟不上了。真的做不到。慢——

「嘿、咻！」

她真的加速了。

我清楚看到她換檔的那個瞬間。

她「轟」地加速。如噴泉般湧出的不明生物就被絞碎。

距離不斷拉開。由美里的背部，逐漸朝前方移動。

我快跟不上了。

連背影都快看不見。

距離拉開就表示，我和由美里之間產生了空隙。

只要有空隙，就會有東西進入。什麼東西，當然是不明生物。那些名為免疫系統的怪物。

牠們擋在我面前。

噫噫，糟了。

最糟的還不是這點，而是由美里的背後毫無防備。

這個化作殺戮機械的世界醫生，要是遭敵人從背後偷襲也會出事。

怎麼辦？

還能怎麼辦？

就在那幾百分之一秒的一剎那，我身體自己動了起來。

並撞上去。

我用盡全身力氣，撞上想從後偷襲由美里的怪物。

砰。

滋唰。

幾乎在怪物失衡的同時，由美里連頭也不回，揮下手術刀。

「好助攻。」

由美里笑著說，還不忘記揮舞手術刀。

「不過差一點就打中我了，你怎麼非要等千鈞一髮之際才行動啊。」

要妳管。

就連這段期間，由美里依然不斷邁進。看上去如同撞開南極冰層的破冰船。而我則沒空回話，只能雙腳全速運轉跟上。

雙腳全速運轉——啊，這只是想像而已喔？

總之我似乎明白她想表達的意思了。

「實戰就是最好的訓練。」

由美里若無其事地說。

「你都靠這麼近看著我了，會明白也是理所當然。好了，現在沒空等你了。拜託你可要在抵達冰川碧身邊之前，趕快掌握訣竅喔？」

接下來發生的事，就沒有剛才那麼眼花撩亂了。

就是不斷重複又打又砍、又砍又打而已。

如果是天生的賭徒，可能會在這狀況說「我感受到自己正在燃燒生命！」，可惜的是，我並沒有那種癖好。

穿過城門。

闖遍城堡裡。

免疫系統並非一成不變。那群像白血球的不明生物，似乎一個個都是獨立生命體，沒有一隻完全相同。

其中有幾隻特別強大。

像是阿米巴原蟲般蠕動，不論怎麼砍或毆打，都會不停攻擊的傢伙。

會囂張地好幾隻同時進攻弄得人眼花撩亂的傢伙。

甚至是碰到就會爆炸的傢伙。

最後還出現像以前喜多村那樣既大又凶殘，「在城堡裡蓋了城堡」的傢伙。自以為是中頭目喔。

總之這些傢伙全被由美里撂倒了。

我？我可沒妨礙她。我應該沒有礙手礙腳才對。大概。

是說這真的沒完沒了啊。
不論如何前進，城堡內部都會出現敵人阻礙我們。
這到底是怎樣？
真的有終點嗎？
「馬上就到了。」
由美里回答。
「現代科學還無法得知，精神與肉體的邊界在哪。可能是大腦的某處，可能是內心最深處。那個不論光暗都無法觸及的深層自我，就是我們的終點。」
而終點突然就到了。
在由美里以壓倒性火力，將前方密密麻麻的不明生物群體衝散的下一瞬間。
眼前頓時變得開闊。
是一個空間。
就只是一個寬到只能用空間來形容的空隙。
裡頭空無一物。

真的什麼都沒有，恐怕連空氣都沒。

「到了。」

我聽到由美里的碎念。

就是這？

這就是班長、冰川碧最深層的地方？

我再次環視這個空間。

沒有光源，卻明亮。

沒有黑暗，卻深邃。

實在難以言喻，這地方彷彿是被時光流逝所拋下。

「看來晚了一步。」

由美里說。

出現了唯一一個暗處。

空間正中央有某個東西。

某個東西，其實就是班長。冰川碧。我本該見慣的人物。

而我之所以會看不出是她，是因為**她已經徹底變成某種東西了**。

「那個，是班長……沒錯吧？」

「嗯，是冰川碧沒錯。」

她並沒有改變形體。

我們來到這裡之前掃蕩的不明生物們，都長了一副顯然不好惹的模樣。就跟帶有毒性的毛蟲一樣，從牠們的顏色跟造型便能一目了然，只要靠近鐵定會有危險。

而她則相反。

冰川碧身上，沒有任何裝飾自己的東西，也沒有色彩。簡單來說，就是裸體。真的一絲不掛，手無寸鐵的全裸。也就是說，她現在毫無防備。

本該是如此。

「她羽化了。」

「……羽化？」

「她化作蟲蛹，現在羽化成蝶準備展翅高飛了。雖然就如你所見，全身光溜溜的。」

光溜溜。

即使聽到如此滑稽的說詞，我也完全笑不出來。

因為這顯然不妙。

她沒長角，沒有扭來扭去的觸手，身上沒刺，也沒有巨大化，乍看之下沒有任何危險要素。

甚至能說是很漂亮。

非——常非常地漂亮。

她本來就是個帶有冰冷氛圍的傢伙，而現在這模樣，則是把那份感覺強化到極致。

這感覺該說是飄逸空靈嗎？彷彿是把身上無謂的事物全數消除——我這算是廢話，啊她現在就是裸體呀。總之，現在的她一片白淨。

一眼就能看出，她已經達到了某種極致。

也不知道為什麼，我就是覺得不妙。看著現在的班長，讓我不禁汗毛直立。

我再怎麼不願意都能明白。

她完全是不同次元的生物。

「好了。」

由美里轉身面向我。

意思是，她現在背對著班長。

咦？為什麼？

「剩下就交給你了，志郎同學。」

不對吧。

慢著，現在是要幹麼？

「**期待你這個特效藥能發揮作用**。冰川碧之所以變成這樣，就是因為你這個病毒感染到她。而我只能充當注射針筒，所以我的工作就是把你送到這裡。」

「……我怎麼第一次聽說？」

「因為我沒講啊。接下來的工作是屬於你的。要我代替你處理也行啦……但結果會死人喔，不是我就是冰川碧會死。我猜大概是我會死，這擔子怎麼看我都無法負荷。」

連由美里都難以招架。

面對這種對手妳還踢皮球？叫我去擺平？

「我就當候補吧，畢竟還得應付免疫系統。現在只是暫時停止攻勢，沒多久『精神白血球』軍團將會湧入。我不可能兩面作戰，所以剩下就交給你了。」

說完，由美里就消失了。

等、她上哪了？

真的消失不見了？是瞬間移動？

『是想像力。』

不知何處傳來由美里的「聲音」。

『我大致掌握了冰川碧所做的夢境世界。換個方式來說，就是我會認路了。用能更好讓你理解的方式來說——就是我能在檢查點之間做傳送吧？』

啊啊，原來如此。

又是傳送又是心電感應，簡直就是遊戲嘛。不過是要玩命的那種。

『我一定程度上能掌握你跟冰川碧的行動，若有必要我會幫忙或給出意見——前提是我有餘力就是了。』

話一說完，「聲音」就消失了。

現在只剩我和冰川碧兩人獨處。

「啊……」

怎麼辦？

我該做些什麼？

期待我這特效藥能發揮作用？妳這樣講我也不知如何是好啊。

所以現在，是叫我打趴眼前的冰川碧？

「呃……」

不不。

這怎麼想都強人所難。

剛才我也說過，現在的班長真的不妙。我看她只要動根指頭，我就會被分解成微中子了。

「班長，好久不見。」

沒辦法，姑且先打聲招呼。

我也認為這麼做很蠢，但這陣沉默實在尷尬。

總之我現在怕得要命。換作是現實，我八成會被自己冒的冷汗淹死。

而她沒有回應。

一絲不掛的冰川碧，從我們抵達此處至今，都只是呆然站在原地，就連一根睫毛都沒動過。明明活像座雕像，卻散發出了異常的壓迫感。

「發生了不少事情啊。」

「…………」

沒有反應。

她張開眼睛，卻彷彿什麼都沒看見。那對眼瞳中感受不到意識的光芒。

「打從我和班長能夠正常對話，也才過了一小段時間而已，事情就變成這樣了。」

「…………」

沒有反應。

她陷入忘我，或者該說是恍惚狀態。

明明人就在我眼前，卻又好像不存在似的。

我記得，這裡是冰川碧這個人內心最深層的地方沒錯吧？

「真沒想到，我會在這種地方跟班長說話。事實比空想還要離奇，還真是這樣。」

若是如此，眼前所看到的她，應該就是她的核心——也就是無法矯飾遮掩，最赤裸裸的部分。

啊啊，原來如此。所以才會一絲不掛啊。

「而且這一切源頭，都是我把班長帶進自己夢裡——啊，糟糕，說溜嘴了。這件事還是別說比較好吧。要是被現實中的班長知道會被她殺死……雖然現在一不小心也會被妳殺死就是了。」

「…………」

「事到如今我就說了。我對妳做了很過分的事。我啊，把班長帶進自己夢裡，還把妳當奴隸隨意使喚——啊，先說好，我沒做什麼過分的事喔？我說真的。我沒對妳出手，真的只有使喚妳。」

「…………」

「我這人就是沒有膽量，才會想在夢裡盡情發洩。連由美里都笑我，說我在這能隨心所欲操控的世界裡，做的事竟然如此小家子氣之類的。不過我倒很慶幸，幸虧我做的都是些沒什麼大不了的事。要是真跨越那一線，我大概就沒有臉這麼面對妳了。畢竟班長妳，妳知道嘛，就那個。」

「…………」

「我說的那個是指……就是，這實在不好開口。反正我都被班長帶回家裡了，說出來應該也沒關係吧。」

「…………」

「我調查過了。關於班長的種種事情。」

「…………」

冰川碧看向我。

我漏尿了。

她只是眼神對著我而已。沒瞪我也沒發怒，視線中不帶任何感情。

而我卻漏尿了。我的本能跟直覺感受到，我們倆的等級差距太大。就連被蛇盯著的青蛙，情況可能都比現在好上幾百倍。

但嘴巴依舊沒停。

我繼續說下去。

「我知道班長所處的狀況非常糟糕。我並沒有遭遇過相同的經驗，無法完全理解，只是一定程度上知道而已。我不想談那些，反正不論講什麼都只會變不負責任的言論。所以，我只說我明白的事情。」

「…………」

「班長，我不瞭解妳。」

講著講著，我也逐漸火大起來。

像我這種邊緣人怎麼會跑來做這種事。

自作自受？真要講確實沒錯。不過，該怎麼說，我也不太清楚。

總之我越來越生氣。

因為這怎麼想都不對勁吧？

「我想班長是被逼到絕境了，才會不明白，自己到底該怎麼辦。我只是個外人，對我來說，班長不過是終有一天想玩弄到哭著求饒的對象，所以我並不清楚妳的事。我知道自己沒有立場對妳說三道四，但我還是得說。**這一點都不正常**。」

「…………」

「妳知道嗎？班長現在成了世界的危機耶。只要冰川碧活著，世界就會陷入危機喔。實際上會發生什麼我也不清楚，反正肯定不是什麼好事。可能我這個當下所在的世界，會侵蝕現實世界吧，大概。班長所做的這個夢，將會與現實融合。那麼一來，事情的確就大條了。」

說著，思路逐漸整合起來。

我想起來了。

我熬夜一天所記住，那些夢境相關書籍裡寫的種種事物。

裡頭又是講心靈，又是講精神，不然就是大腦或腦內物質之類的東西。

那些專業術語我一個都看不懂，不過大概能明白書中想表達什麼。

只要拿那些概略情報跟現實對照，就多少能理解內容。

「真要講的話，事情會變成這樣似乎都是我害的，這點我難辭其咎。不過啊，我大概也只是造就了一個契機而已。因為**班長本來就不正常**。妳勉強維持住那個平衡，最後平衡被我這點小小的契機破壞了。是啊，這麼想也對，妳本來就不正常。班長是個厲害角色，是我高不可攀的存在。妳不流於世俗，看起來危險，甚至還有點可怕。正因為表面上是乖學生，我才沒發現，班長妳早已瀕臨崩潰了。」

「…………」

「班長，我想瞭解妳。」

「…………」

「妳為什麼會變這樣？我所認識的妳，應該不是會打造出這種詭異世界的傢伙。我想知道，妳這麼做的理由。」

「冰川死過一次。」

「唔!?」

我嚇壞了。

一股腦地做單向溝通，她卻突然有了回應。

「冰川不知道佐藤同學在夢裡對冰川做了些什麼。」

班長說了下去。

她的視線依舊無神，語調宛如無色透明。

彷彿是電話自動語音。

「不過我知道。佐藤治郎，你在現實世界無自覺下給予的強烈刺激，讓**我**覺醒了。」

我逐漸乏力。

傳入耳中的一字一句，都有如大口徑子彈一般。

「**我**死過一次，在殺了姊姊時。屍體不會有感覺，屍體不該有感覺。是佐藤同學讓我變得不正常。經過了短暫時間，我就變成現在這樣。心靈蘊藏的能量很強，就跟一小片的物質就能引發核融合一樣，即使是微小的存在，也能輕易改寫世界。」

她的話語夾雜了強大的力量。

甚至讓我懷疑聽了會不會被詛咒。那一陣陣沉重的聲響，在我腹部迴盪。

然而這是個機會。既然可以對話，就能夠溝通。說不定真有辦法解決。

「那班長，我問妳。雖然我不想問，但還是得問妳。我想妳大概也不想講，不過還是希望妳說。殺了姊姊是什麼意思？」

「就是字面上意思。我殺了姊姊。」

「不，不對。班長不可能做出這種事。我知道。雖然我們才相處一小段時間，但我起碼瞭解這一點。班長才不會做這種事。」

「你對我一無所知才對。」

「我不知道，可是這點小事我還是能瞭解。其中一定有理由對吧？」

「…………」

班長陷入沉默。

那模樣看起來，就像是一臺老舊的電腦，為消化過大的檔案而當機。

最後，

她開始說。

「我喜歡姊姊。」

「姊姊很溫柔。姊姊很漂亮。姊姊很聰明。姊姊跟我感情很好。打從出生，我們就在一起。

姊姊身體很弱。我很健康。

姊姊總是生病。沒辦法去想去的地方。沒辦法吃想吃的東西。沒辦法做想做的事。但她仍笑口常開。

我沒生過病。甚至沒感冒過。只要有心，哪都能去。就連得意忘形大吃特吃，也沒吃壞肚子。然而我總是板著一張臉，好像一切都索然無味。

有人開玩笑說，我把姊姊的營養全部吸收走。我就拿石頭丟那個人。

有人開玩笑說，要是姊妹身體能對調就好了。姊姊就拿花瓶砸那個人。

我們雙胞胎雖然不像，卻有相似的部分。身邊經常有人說各種閒話，但我們都不在乎。

我們很幸福。

可惜幸福並沒持續多久。

病魔侵蝕了姊姊。她得的是慢性疾病。天生免疫力虛弱。天生內臟虛弱。姊姊全身上下都很脆弱。

醫生說她活不過十歲。

爸爸跟媽媽不願放棄，拚命工作。可是錢不夠，時間不夠，智慧不夠。隨著時間拉長，照顧姊姊成為重擔。爸爸媽媽太過單純，堅信姊姊的病能治好，還把治好她的病當作是自己的責任。姊姊病情越來越糟，還慢慢侵蝕爸爸媽媽的心。

這時的我還很正常。雙親開始沉迷宗教尋求寄託。目的跟手段顛倒，雙親開始放著姊姊不管，而我沒捨棄希望。

我決定自己拚命賺錢。

我扶養雙親，照顧姊姊，出賣肉體，為了家人犧牲自己是我的責任。至少我是這麼想。而我也相信這麼做效率最好。

我沒發現。這時的我早就不正常了。」

我只能靜靜地，聽著班長的，冰川碧的獨白。

我背脊發涼。

畏懼、震懾、恐慌。這和打從我進入夢境世界就不斷感受到的感情不同。而是某種，強烈的感情。現在，我的內心某處，正感受到一股莫名的焦躁。

「最後姊姊達到極限。疾病和藥侵蝕姊姊。姊姊身體各處產生激烈疼痛。白天晚上姊姊都睡不著。才以為她睡著，又馬上痛醒。我白天晚上都要照顧姊姊。我也睡不著。不過再怎麼照顧也沒用。因為我只能眼睜睜地看姊姊受苦。

爸爸媽媽開始不回家。

我連續好幾天沒睡照顧姊姊。

最後姊姊終於崩潰。

姊姊大吼我最討厭妳了。我最討厭妳了。從出生以來到今天，我就恨著妳。我們明明是雙胞胎，妳卻健康到連感冒都沒得過，我恨死妳了。

姊姊邊吼邊丟我東西。

她拿毛巾丟我。

她拿睡衣丟我。

她拿枕頭丟我。

她拿臉盆丟我。

她拿藥瓶丟我。

我臉開始流血，姊姊依舊沒停。她絞盡最後一絲力氣，拿起各種東西丟我。

我感到某種東西斷了線。

我用盡全身力氣吶喊。我最討厭姊姊了。

有一個成天生病的姊姊好痛苦。我是逼不得已才照顧姊姊。我好久以前就想，要是沒有姊姊，爸爸媽媽跟我就不會活得這麼煎熬。

我高聲大喊。

不停喊不停喊不停喊不停喊不停喊。

最後我說了。我用喊啞的喉嚨，擠出這句話。

「『姊姊妳。』」

她突然停住。

依舊面無表情。

眼睛張開，雙瞳卻毫無生氣。

我默默看著班長。

背脊依舊發涼。

內心有千言萬語想說。不過現在，得先聽。要讓她吐露心聲。

班長再次開口說。

「我對她說。姊姊妳死了算了。」

我緊握拳頭。

我不能說。現在必須忍耐。

妳等著瞧。我可絕對不會放過妳。

沒錯。我生氣了。

「說完我就失去意識。

姊姊在那天死了。

她吞下所有的藥死掉了。

看到死去的姊姊，我也壞掉了。勉強維持理智的父母也壞掉了。

我活生生地死去。

而冰川誕生了。

這話題就此結束。」

班長說完，便看著我。

「噯，佐藤同學。」

「…………」

「佐藤同學。」

「我在聽。我有聽到。」

「你滿足了？瞭解自己想知道的事了？」

「不，我還有事想知道。」

「是嗎？但是不行。」

霎時間。

我飛了出去。

我像個被強風颳起的垃圾袋，落到地面——雖然不清楚這到底能不能稱作地面，總之我在地上打滾。

我感到一陣天旋地轉。怎麼了？發生什麼事？

「時間到了。一切都沒用了，佐藤同學。」

一股龐大且沉重的空氣塊。

我似乎是被這一類不明的事物衝撞，最後像被砂石車輾過般撞飛。體感是這樣，實際上我也不清楚。反正全身上下痛得要命。

「我將成為不是自己的某種東西。當我成為那東西後，一定會吞沒世界。而我已經停不下來，也不打算停下。我只想蹂躪並摧毀一切。」

真叫人火大。

這裡不是夢境世界嗎？

剛才那怎麼想都是物理現象吧。雖然現在講這個也沒用。

「可是佐藤同學，你打算阻止我，對吧？」

班長就在我眼前。

在難看地在地上打滾的我面前。她浮在空中，還上下顛倒。

什麼時候變這樣的？又不是恐怖片。

轟的一聲。

衝擊又來了。我再次被轟上高空。

接著一成不變地滾到地上。在夢裡用力撼動大腦也會引發腦震盪，這與其說是不可思議，不如說太不講理了。拜託快點讓我習慣好不好。

由美里說，靠想像力。

一切都是想像。我能站起來也是憑想像力。

等等，這不對吧。在夢境裡會產生現實的感覺，就表示我的想像力有正常運作，現在是叫我怎麼把這個想像轉換成其他想像？又不是先有雞還先有蛋。

「我知道你的事。」

衝擊又來了。

這次來得及防禦——不，並沒有趕上。

我被衝撞、高高飛起、在地上打滾。有二就有三，想笑我無法記取教訓的傢伙就笑吧。

可是，還挺得住。

有用。防禦稍微有趕上，傷害比剛才還輕。

特訓見效了，不枉費我嘔心瀝血努力。明明是想像，卻又是物理現象。儘管難以接受，不過這似乎是真理。

「也知道你把我帶進夢裡的事。」

快動。

自己動起來。

雙腳快動。我之前特訓那麼久，就只對腳底抹油有自信。

只要知道攻擊要來，就算無法閃過也能因應。

來了。

一股龐大且沉重的空氣塊。

我側步閃躲。

轟隆。無法完全躲掉。我被衝撞、高高飛起、在地上打滾。

但這次有做好受身。身體牢牢記住這項技術。與其說是身體，應該說精神才對。這是在夢境中，由美里硬是灌進我腦中的技術。原來如此，的確是憑想像。一定程度能靠習慣解決。

「佐藤同學。」

颼的一聲。

班長出現在我面前。

竟然還會瞬間移動。就算我想應對，也無法彌補力量差距。

對方可是個怪物。

是不會結出果實，只為散落而開的心靈之花。

我還以為她會提出什麼問題——

「佐藤同學喜歡我嗎？」

竟然是問這個。

不對吧。

這分明就是剛開始交往三個月正打得火熱，滿腦子只想著戀人的傢伙才會講的臺詞吧？

『當然啊甜心。』

我該這麼回答嗎？

「我有虐待癖好。」

轟隆。

我被撞得老遠，高高飛起。最後在地上滾個不停。

這是前所未見的強烈攻擊。

「也就是有施虐傾向，虐待狂。我現在滿腦子只想著要**欺負佐藤同學**。」

轟隆。

我像顆乒乓球般彈起。

我吐血心想。我就覺得妳是虐待狂。現在當下發生的一切就足以證明這件事。就算不將這點算進去，每當我看見班長的眼神、說話方式，就不禁暗嘆：

「原來人類真的能散發出這種寒氣啊。」

「同時，我也有被虐癖好。也就是有受虐傾向，被虐狂。我現在滿腦子只想著**被佐藤同學欺負**。」

我大字趴在地上想。

這我可是第一次聽說。

被虐狂？班長？舉個例子來說？

「現在我感到無比興奮。只要稍微出力過猛，佐藤同學就會被我打得粉身碎骨。到時候你就無法回到現實。若真是如此，我肯定會非常難過，光是想像就快哭出來。真是太棒了。我好興奮。簡直快要高潮了。」

……原來如此。

我也不是不懂這想法。

兩面性。

看似正經的表面，以及如畫糖般脆弱，光被觸碰就可能碎裂的反面。

冰川碧擁有這兩個面向。

殺死姊姊，而自己也死掉的『我』。以及稱自己為『冰川』的存在。

大致上理解了。

雖然理解了也拿她沒轍。

「對我來說，佐藤同學可說是絕佳的獵物。」

我們近在咫尺。

班長盯著我的臉。

上下顛倒，這模樣就像是潛進了水深五十公尺的海中。

「只要在現實中冷漠待你，用冰冷的眼神瞪你，你就會在夢境世界對我宣洩不滿，為所欲為地欺負我。不過那樣完全不夠。你明明想怎麼做都行，你應該更激烈地教訓我、疼愛我。若是那麼做，我也許就不會壞掉了。」

妳還真是暢所欲言。

但妳說得對。這是我的責任。

雖然是各種原因導致班長變得不正常。

結果扣下扳機的仍舊是我。

我說過好幾次了，這是自作自受。

自己的屁股自己擦乾淨。

不管是邊緣人還是想法有多扭曲，都必須遵守身為人的底線。

「所以……」

我大字趴在地上呻吟：

「意思是班長喜歡我嗎？」

「不。」

班長否定。

接著這麼講。

「我愛你。」

轟隆。

我被衝撞、高高飛起。

不過，這次沒打滾。

我做出受身。

也不知道這算不算受身。

我根本沒練過什麼格鬥技，說的話請不要全盤接受。

我似乎明白怎麼憑『想像力』行動了。

實際上，我並沒有感到疼痛。

也沒覺得頭暈目眩。

「……妳邊揍我邊講也沒說服力啊。」

我再次站起。

內心沒有懾服。

整個人振奮起來。

憤怒也達到頂點。

原來如此原來如此。

既然妳這麼愛我，那我非得好好回應一下。

邊緣人也是有志氣。

一回神。

我已化身為龍。

我俯瞰這個空無一物的世界。

一絲不掛的班長，看起來像個模型小人。

「很好。」

班長仰望我說。

神情一成不變的空洞。

「這模樣非常好。我能感受你變身後湧現出力量。這就是你把我拉入夢境世界的力量對吧。**我無法想像**。你到底是誰？這麼龐大的力量，你是如何醞藏在體內的？」

班長倏地消失。

下一瞬間。

班長她，出現在化身為龍的我面前。

「你會對我做什麼。你會讓我見識什麼。」

轟隆。

鼻頭感到一陣衝擊。

我吃了一驚。但也只是吃驚而已。

我是龍，是力量化身，依舊屹立不搖地站著。

我是世界之王。

夢境世界中的霸者。

我才不管是不是在別人的夢裡。才不管是不是亂來還什麼的，既然我能變身了，我們就處於對等狀態。大概吧。

「那麼，這樣呢？」

轟隆。

鼻頭再次感到衝擊。

真假？我竟然浮起來了。班長力量是有多強啊。

「這樣呢？」

轟隆。

一陣衝擊。

我被轟飛。

「這樣呢？」

轟隆。

一陣衝擊。

我高高飛起。

「這樣呢？」

轟隆。

一陣衝擊。

我在地上打滾。

「啊哈，好好玩。」

班長笑了。

這感覺就像被死神的指尖輕撫背部，直叫人毛骨悚然。

我現在應該擁有驚人的質量才對，就連尺寸都跟小山差不多，她竟然能輕易打飛我。

真可笑。

都已經覺醒，解放真正的力量了，竟然還被打著玩。

『這才叫夢境成真。』

我聽到聲音。

是由美里。

『人類擁有的潛在能力就是如此龐大，所以才會形成世界危機。即使是如此，治郎同學還是得靠自己想辦法處理。』

妳別強人所難了。

難道我現在還不夠努力嗎？

還有妳那邊怎樣了？聽起來似乎是沒事。沒事不會快來幫忙喔，我已經快撐不住了。

『我無法過去。現在不光是冰川碧，我還得壓下你的力量。』

什麼意思？

『你們倆湊在一塊，讓這個夢境的質量變得過大。我必須花費全副精力，讓能量不要漏到現實世界去。就單純計算，得花加倍的勞力。所以現在無法去你那裡幫忙。』

拜託妳別鬧了。

我可是連殺手鐗都用掉了。

那個蠢到不行的特訓成果也使出來了。妳還想叫我怎麼做？

『治郎同學，我敢肯定。**你還沒用盡全力。**』

聲音就此消失。

而我繼續被當沙包打。

整個人飛來飛去、滾來滾去的，簡直忙到不行。

「真厲害。」

班長感嘆道。

「你能夠一而再、再而三地站得起來。太棒了。不論怎麼攻擊都不會壞掉。」

我該怎麼辦？

她說我沒用盡全力，所以我還能怎麼做？

「真是不愉快。為什麼你不打我。我和冰川都在等你。讓我們纏綿吧。還要更多。讓我們交融混合在一起。還要更多。更多更多。不然的話——」

轟隆。

這都第幾次了。

「我真的會把你弄壞喔？」

我已經感受不到疼痛。

是麻痺了嗎？還是感覺消失了？

說到底，我現在真的還存在嗎？

混濁。泥與土的中間點。我甚至不知道自己是液體還是固體。

「不，還是弄壞你更好。這麼一來，我和冰川一定會瘋掉。我們必須瘋狂。不，我不想瘋掉。我該怎麼辦？無計可施了。因為你不願意打我，我怎麼能夠破壞你。我必須將你打到連殘渣都不剩。快點壞掉。被打成碎片消失吧。不，活下來。不要理我了。理我。徹底粉碎吧。溫柔地摸我的臉。被壓得粉身碎骨。緊緊抱住我。啊啊。啊啊。求求你。求求你——」

『就這點程度嗎？治郎同學？』

聲音。

是由美里。

『你可別忘了。你是世上唯一一個，我無法完全根治的病啊。』

救救我。

佐藤同學。

霎時間。

我明白了。我發現了。

經歷了液體和固體的交界，我感覺自己有如海綿一般。

我吸收。化作自身血肉。

看到了。

那個類似空氣塊的東西。

不對，我是用更原始的方式，類似皮膚汗毛感受到微風，近似第六感的事物，感受到了空氣塊的存在。

在極限中。我確實看到了，感受到了。比起思考，身體先動了起來。

轟隆。

發出巨大聲響。

一種接近音爆的事物，劃破了空間。

化身為龍的我將被轟飛。本該是如此。

然而。

「哎呀。」

班長第一次露出困惑神情。

我和她的視線位於相同高度。

我不再是龍。

而是一如既往渺小的我。

佐藤治郎。一個全身上下充滿無名怨憤，個性扭曲的邊緣人。

「竟然從龍變回原本的模樣？這樣方便閃躲？這樣就能避免被壓爛？不……不對。並非如此單純。怎麼回事？有什麼不對勁？這是什麼感覺？是什麼？是什麼？」

接著班長。

打算開花毀滅世間萬物的冰川碧。

「沒錯，總覺得不對勁。」

她歪頭向我確認。

**「你真的是佐藤同學？」**

我的記憶在此中斷。

# 第八話

回想起來，這應該是第一次。
我感到自己很可怕。

†

「……那麼，後來到底發生什麼？」

接下來要講述的，是我銜接起自己模糊記憶的事。
畢竟這等於是在夢境中做夢。
若是不盡正確還請見諒。

「所有怪物都消失了。就像幻覺一樣。」

由美里說。

她身穿白衣，手持巨大手術刀。

「冰川碧也消失了，只剩下這座扭曲的城堡，不過這沒多久也會消失。我們馬上就會回到現實，從夢中醒來，就是這麼回事。」

我們還在班長的夢裡。

我被由美里俯視著。

真棒啊。這傢伙穿白衣的樣子。

可愛、優美，還非常煽情。

真想跟這樣的女人交往。不對，我們已經交往了，雖然沒做過幾件情侶會做的事。好像也不能這麼講，應該算有做過。

「我本來是打算讓你殺了她。」

由美里說。

而我沒有吃驚。

「我是說冰川碧。因為這次跟喜多村透那時不同。若不殺了她，我怕事情難以收拾。冰川碧已經開花，從蟲蛹羽化成蝶，除了殺死她之外別無他法。我沒告訴治郎同學，是因為你太天真。若不是被逼到盡頭，我怕你會下不了手，才決定這麼做。」

我沒聽過她發出這種聲音。

我是指由美里。

「到中途為止都在我預料之內。我確實說過，『你還沒用盡全力』。只是沒想到會以這樣的結局收場。我明明自稱萬能，預料卻屢次落空，顏面都不知道該往哪擺了。」

由美里這時的聲音，跟以往所聽到的都完全不同。

「我再問一次，治郎同學。到底發生了什麼事？不──」

就好比某個陌生人，面對著某種來路不明的事物。

「最重要的是，你究竟是什麼人？」

†

未來三天，我都臥倒在床。

第四天，我與冰川碧再會了。

我們在某個海岸。

是班長找我出來的。

我也不疑有他，花了三小時來到指定地點。

班長在那看海。

她獨自一人，靜靜盯著浪潮喧囂的海平面。

「好久不見。」

班長發現我前來便說。

沙灘。好長好長的沙灘。

海浪來來去去，空氣中飄著一股海潮氣味。

「好久不見。」

我回說。

實際上，我的確感覺有好長一段時間沒見到班長。

「佐藤同學還記得嗎？」

「記得什麼？」

「先前發生的事。」

「記得，我跟由美里，一起進入班長的夢境。而我在夢裡被班長修理了一頓。」

「接下來的事呢？」

「說實話，不太記得。我只知道，最起碼避免了最糟糕的結局而已。所以我才能回歸現實，跟班長聊天。」

「是啊。」

班長點頭。

我問道。

「妳是**哪個**？」

「是**我**。」

這在虛構故事中還挺常見的。

自稱是『我』的班長說，因為「這樣效率比較好」。

「這樣比較輕鬆啊？」

班長說。

「與其從頭創造一個人格，不如複製一個自己。這還真像是我會想的事。」

雙重人格。

就她的說法是這樣。

這世上有著無數離奇的事，我可是再清楚不過了。就算她這麼講我也不意外。

冰川碧裡面，有兩個冰川碧。

至於會變這樣的理由。事到如今我也不必追根究柢問清楚了。

我沉默了半晌後開口。

「我能說句不負責任的話嗎？」

「請便。」

「妳姊姊，是不是故意那樣講。」

「講什麼？」

「那個……說自己討厭、恨班長之類的。」

「是啊，我知道。」

浪潮打上岸的同時，班長站起身。

我直盯著她的臉龐。

「我知道，佐藤同學。姊姊直到最後一刻都是那麼溫柔。所以我才會瘋掉。不過是如此而已。」

「……這樣啊。」

我再也說不出話。

是還能說什麼？

被逼到斷崖邊的雙胞胎姊妹。

有太多事情，只有當事人才會明白。

「這地方，其實是墳墓。」

「……墳墓？」

「姊姊的墳墓。我把骨灰撒在這裡。」

浪潮不絕於耳。

天空陰鬱，海風冷冽。

彷彿身處在世界的盡頭。

「最後我想來到這。我一直沒有來過。所以滿足了。沒有任何遺憾。就只剩——」

「那個！」
我受不了了。
我把自己帶的包包打開。
從包包取出東西說。
「要不要，一起吃這個？」
「……？」
班長靠近盯著我的手。
午餐盒裡的，是保鮮膜包好的白米。也就是飯糰。
「之前妳請我吃東西。所以我做了這個。」
「佐藤同學做的？」
「嗯，我做了一堆，多到吃不完。這是我第一次做飯。拿過來真有點重，若妳不吃我就傷腦筋了。」
一次、兩次。
班長眨了眨眼。
接著莞爾一笑。
「那我不客氣了。」

我們吃著飯糰。

在這如同世界盡頭的沙灘並肩坐著。

我們談天說地，內容包羅萬象。

喜歡的食物。

棲息於叢林深處的夢幻猿猴。

聊著各種話題時，班長好幾次露出笑容。

飯糰有夠難吃。

這絕對是我人生中吃過最難吃的飯糰。

不過班長卻慢慢吃著那個飯糰，還吃得一乾二淨。

「我差不多該走了。」最終班長起身說。「今天謝謝你。你願意來，我真的很高興。」

我跟著起身問。

「我們再也無法見面？」

「因為我的任務結束了。」班長回答。「光是能來這跟你聊天就已經是奇蹟了。我只是回歸本來應有的形態而已。雙重人格什麼的，一點都不合理不是嗎？」

我沉默不語。

我什麼都做不到。

就算能勉強做點什麼，那也只有在夢裡。一覺醒來，我就無從干涉夢境。這種事肯定連天神由美里也做不到。

「佐藤同學還記得嗎？」

「記得什麼？」

「在我夢裡，最後一刻你做了什麼。以及為什麼我們能在現實中聊天。」

「不……抱歉。其實，我記不太清楚。」

「我也是。當我醒來，一切都結束了。不過我只記得這一點。是你做的，佐藤同學。**是你把我打造的夢境世界徹底抹消掉**。就像是拿起橡皮擦，將一切抹除歸零。」

「…………」

「你要小心。你大概是某種，打從根基就與常人完全不同的存在。那麼，再見了。」

班長轉身離去。

「等等！」

我不禁握住她的手。

班長停下。

我的嘴不聽使喚動了起來。

「班長妳等一下。妳不是說了『救救我』嗎？我還沒為妳做任何事。」

「我沒說過那種話。是冰川說的吧。」

「可是——」

我頓時語塞。

這或許是不該說出口的話。但我非講不可。

我擠出心聲。

「**可是妳才是原本的冰川碧啊**？『我』一開始就存在了，『冰川』才是後來誕生的啊？」

這次輪到班長陷入沉默。

半晌後，她就微笑說：

「你一點都不明白。我剛才不是說過是複製嗎？我和冰川是一樣的。不論哪個是原型，都沒問題。」

「妳說謊。」

「我沒說謊。不過，你好溫柔。」

班長說完。

便靜靜地用自己的唇瓣，塞住我的嘴唇。

我的手頓時乏力。

而班長趁這空檔，一溜煙地從我手中逃脫。

「另外冰川，可是處女喔。」

我不禁想，她就像隻隨興的貓。

那離我而去，回眸一笑的舉止。

即使會撒嬌，也不會黏人、不會諂媚。

「你可要好好疼愛她喔。別擔心，冰川她沒問題的。那孩子比我還堅強。」

妳果然說謊。

我聽了便想。如果「冰川」比「我」還堅強，那不就表示兩者是「不同的人」嗎？

我所認識的冰川碧，才不是這麼愛笑的人。
然而我無法多說什麼。
因為夢終有一天會醒。
「小小的奇蹟」並無法持續太久。
「『我不瞭解妳』——你曾這麼說過對吧。」
班長奔向前方說。
這是她留給我的最後一句話。
「如何？稍微瞭解我了嗎？」

——我完全不懂啊。
我獨自留在無人的海邊。碎念被潮聲所淹沒。
我回想起這麼一句話。當貓領悟自身死期時，就會消失在人面前。
我抱著午餐盒坐在地上。
抓起最後一顆難吃的飯糰咬下，稍微哭了出來。

「……所以呢？結果如何了？」

喜多村不悅地嘟嘴問。

隔天，在學校教室。

好久沒來上學的我，被擔任助手的不良兒時玩伴逮到。

「就算你說解決了，我也不明白什麼事情解決了。你給我解釋清楚。」

「既然治郎同學說解決了，那應該就是真的解決了吧。」

插嘴的人是由美里。

和我一樣許久沒來學校的她，坐在我旁邊的座位說：

「而我聽了也只能說『這樣啊，我知道了』。因為能判斷事情是否解決的，就只有當事人治郎同學。而喜多村同學，妳也知道這件事相當敏感對吧？怎麼能在眾目睽睽之下討論呢？」

「我知道啦——被妳這麼講真叫人火大。」

「若是讓妳感到不快，那我道歉就是。不過這話題就此打住。因為對我來說，這算不上是什麼愉快的結局。」

「所以我才問妳這樣講是什麼意思啊。」

「不予置評。我在此宣言，絕不再提起此事。」

「啊啊嗯？妳又在自說自話。」

喜多村狠瞪說。

由美里冷冷地無視她。

班會開始前的喧囂。

同學們遠遠觀望著我們幾個。不好意思啊各位。這兩人湊在一塊，就是會害現場氣氛變得很僵。

雖然我也是害氣氛變差的原因之一。

我想說一個人悶悶不樂的也於事無補，才會逼自己來上學，這麼做倒是造成了反效果。

「喜多村。真的沒事了。」

我玩起手機說。

「一切都結束了。所以這話題就此結束。若有事情沒解決，我會負起責任處理。」

「不，就說了，你們這樣講我也有聽沒懂啊。話說清楚來，別擅自把事情完結，而且這次我可是幫了不少忙好嗎？還不是治郎拜託，我才會到處跑來跑去調查？」

「這點我很感謝妳。這恩情我一定會還。」

「就說沒人跟你扯這個了。我們是朋友對吧？」

「我知道。今天要不要一起去吃漢堡。」

「咦、真假？好耶，當然要去——不對啦。去還是會去啦。你懂吧？拜託你告訴我嘛，我很在意耶。我這次好歹也是相關人士吧。」

「不予置評。」

「嗯啊——！夠了——！」

喜多村舉手投降，然後盤坐在桌上。

「怎麼就把我一個人排除在外。才想說治郎你這笨蛋怎麼一直請假，結果一回來就好像變了個人似的。而且怎麼連那轉學生也變怪怪的？或者該說變冷漠了？總之搞得我好亂啊。你還一臉陰沉又無精打采的。」

「抱歉。」

「夠了啦。我知道這件事比較敏感。也知道不該在這裡談。可是啊……

啊——我實在無法接受——」

抱歉，喜多村。

我覺得，妳還是別過度涉入這些事比較好。

雖然一開始是我拜託的，也明白喜多村說的有幾分道理，不過還是無法告訴妳。由美里也是瞭解這點，才盡可能不插嘴管這件事。

**若有事情沒解決，我會負起責任處理**。

邊緣人也是有志氣。

要說是我自作自受也行。

此時——

教室吵成一團。

早有預感的我並沒有感到吃驚。

喜多村倒是被嚇到了。

班長來了。

冰川碧。走進教室，筆直朝我過來。

「好久不見。」

班長俯視我說。

「嗯，好久不見。」

我抬頭看向班長回覆。

「總覺得……」

班長說到一半便停頓下來。

她稍稍面向下方，張開嘴，又閉上。

「總覺得我似乎給你添了麻煩，佐藤同學。」

「沒事，真要說應該是我給妳添麻煩。」

「你記得嗎？」

「不，我什麼都不知道。」

「我都還沒問你記得什麼呢？」

「是啊，我猜妳是做了夢吧？」

「…………」

班長眼睛瞇成一線。

由美里和喜多村則是識相地一語不發。

我曾想過，該用怎樣的表情見她。

直到現在我仍然沒想出答案。

只能拐彎抹角地告訴她。

這件事，已經解決了。

「我好像失去了什麼重要的事物。」

最後班長嘟囔說。

「同時，我也覺得某種重要的事物回來了。爸爸媽媽時隔許久終於回家了，而且表情看起來像是做了一場夢似的。這是巧合嗎？他們甚至還說，是時候該去找份工作。」

「這樣啊。那他們一定是從夢中醒來了吧。」

「佐藤同學知道些什麼嗎？」

「不，我什麼都不知道。」

班長眼睛再次瞇成一線。

絕對零度的視線。

但我這次沒有漏尿。

而是對她提議。

「我說班長。」

「什麼事？」

「班長妳，一直都是用『冰川』自稱吧。」

「有任何問題嗎？」

「要不要試著用『我』來自稱。」

「……為什麼？」

「我說說而已。」

班長聽了感到困惑。

由美里則嘴角微微上揚。

喜多村不明白發生什麼，顯得有些吃驚。

「冰川試試看。」

班長停頓了半晌，點頭說。

「冰川認為這點子不錯。冰川已經習慣了現在的叫法，可能無法馬上適應。怎麼想都**效率不好**，卻**莫名認為這樣比較合理**。」

「慢慢來就好。是說，妳也沒必要徹底改變自己。因為現在的班長也是冰川碧。」

「佐藤同學，你果然知道些什麼對吧？」

「不，我什麼都不知道。」

「你說謊。」

班長說完，便吻了我。

動作非常自然。

甚至可說是自然過頭，一瞬間，所有人還把這件事視為理所當然。不僅是喜多村，連由美里也是。

現場氣氛凝結，則是晚了好幾拍後才發生的事。

「看吧，你果然說謊。」

待脣瓣分開後，班長瞪著我說。

「你怎麼可能什麼都不知道。看看你的反應，完全沒有嚇到。」

「……算是吧。我只是很清楚，班長是冰川碧這件事。」

「好吧，反正時間多的是。」

班長伸出手指。

輕輕戳了我的鼻頭。

「還有補習，從今天起再次開始。放學後在老地方集合。祥雲院同學跟星野同學——看來還沒到校。晚點冰川再告訴她們。」

接著她看向由美里。

眼睛瞇得像隻貓一樣說。

「天神同學，妳也要來喔？」

說完，班長就回到座位。

同學們一臉痴呆，彷彿做了場白日夢。

「不對吧！這根本莫名其妙啊！」

喜多村發出哀號。

「你們幾個別把我排除在外！還有碧！妳這混帳對治郎做什麼！」

「……呵呵，竟敢當著我的面挑釁。」

由美里咧嘴笑說。

「多麼新鮮的體驗。這樣啊，原來我被人宣戰了。這是刻意警告我說『我會大大方方地搶走妳的戀人，妳可別掉以輕心』是吧。呵呵，這樣啊。沒想到這感覺還挺有趣的嘛。呵呵。唔呵呵……」

至於我呢。

心臟仍跳個不停。

還以為自己能稍微耍帥，結果還是被她玩弄於股掌之上。

真是夠了。不論是表面，還是內在。

即使到了現在，我還是完全不瞭解冰川碧這個人。

不過多虧她，讓我心情稍微輕鬆了點。

班導走進教室。

「喂——大家回座位——」

幾乎同一時間，鐘聲響起。

「現在是怎樣？為什麼老師得被自己學生用『太好了，不看場合的傢伙來了』的眼光盯著？算了，也沒差啦。」

老師不解地說出貼切評語，接著大吃一驚：

「哦，天神竟然來了。冰川也好久不見。病好啦？啊——祥雲院跟星野又——遲到了。算了。要點名囉——」

是說佐藤治郎也好久沒上學了，這點你就隻字不提嗎？

隨便啦。反正以我的地位被這麼對待才正常。

總之，這樣算是事情告一段落？

我總覺得一切都還沒解決。

①把四個女生追到手。

就這個主要目的而言，的確算是有所進展吧。

儘管我懷疑自己採取的行動，到底算不算得上是追求，至少結果應該有滿足條件。即使從頭到尾只有發生折騰人的事，最起碼還是得要樂觀面對。

「佐藤──佐藤治郎──」

「啊、有。」

「島村──島村薰──」

「有。」

②瞭解天神由美里。

③瞭解自己的力量和立場。

④注意神祕訊息所講的事。

⑤注意老媽。

課題堆積如山。

甚至能說狀況變得越來越複雜了。

就算我暫時沉浸於感傷之中，應該也多少能被諒解吧。

總之先跟喜多村去吃漢堡。人情得快點還清。

還得跟由美里約會。我是很想說經歷過班長那次後，我多少增加了點經驗值，卻又覺得那些經驗絲毫派不上用場。我甚至無法想像，跟天神由美里約會，應該要安排怎樣的約會行程。

祥雲院依子。

星野美羽。

我該拿這兩人怎麼辦。

班長那次是運氣好才有機會與她接觸——

「立川——立川悟——」

「有——」

「手塚——手塚麻由美——」

「有——」

就在我思考時。

嘟嚕嚕嚕——

忘記關機的手機發出震動。

我反射性偷看了手機畫面一眼。

真是夠了，我不禁嘆氣。

感傷的時間也太短了吧。

雖不清楚對方到底是誰，不過他可真愛挑點名時間。

「冰川——冰川碧——」

「有。」

「松本——松本孝之——」

「有。」

手機螢幕顯示的訊息，在我看到的那一瞬間就消失得無影無蹤。

而那深深烙進我腦海裡的訊息內容如下。

『覺醒時刻到了。』

『佐藤治郎。現在的你並不是真正的佐藤治郎。』

†

已經決定好的未來就不可能變更。

這是一部以我佐藤治郎，殺死天神由美里為結局落幕的故事。

# 後記

《黑暗中的戀愛喜劇》到底是什麼意思？

在為這部小說取名時，我也傷透了腦筋。

責編K氏也傷透腦筋。

這部小說確實有趣。然而問題在於，究竟該如何將這小說的有趣之處傳達給讀者們。

本書是在描寫內心黑暗的故事，同時也是一縷光明照亮黑暗的故事。

而同時又是愛情喜劇，要說青春劇也沒問題，或許也可稱作是世界系作品，說不定能被包含在懸疑跟驚悚類裡，還帶有點科幻色彩。

也就是要素過多。實在難用一句話解釋。

在這種情況下，書名多半都會變超長。

《美少女醫生每晚都出現在夢裡殺死我——卻又轉進同一班自稱我的戀人，究竟該如何是好？》

八成會變這樣。

這實在不符合我的品味。有些沉重，卻又可以看一眼就想像出內容——這世上就沒有這種書名嗎？

於是我把這部小說取名為《黑暗中的戀愛喜劇》。

責編K氏絕對沒有舉雙手贊成這個書名，甚至能說他看了反倒面有難色。不過我硬是讓這書名通過了。或許這書名並非完美，但我決定在這簡潔、美麗，又流露出深奧的書名賭上一把。

這部絕非「黑暗戀愛喜劇」。

我相信兩者之間的差異，看了前兩集的讀者們應該能夠參透出來。

二〇二一年七月某日　鈴木大輔

浮文字

黑暗中的戀愛喜劇2

（原名：ラブコメ・イン・ザ・ダーク2）

著　　者／鈴木大輔　繪　　者／tatsuki　譯　　者／蔡柏頤
執 行 長／陳君平　美術總監／沙雲佩　國際版權／黃令歡、高子甯
榮譽發行人／黃鎮隆　美術編輯／陳聖義　內文排版／謝青秀
協　　理／洪琇菁　執行編輯／石書豪
總 編 輯／呂尚燁　文字校對／施亞蒨

出　　版／城邦文化事業股份有限公司 尖端出版
台北市中山區民生東路二段一四一號十樓
電話：（〇二）二五〇〇—七六〇〇
傳真：（〇二）二五〇〇—二六八三
E-mail: 7novels@mail2.spp.com.tw

發　　行／英屬蓋曼群島商家庭傳媒股份有限公司城邦分公司　尖端出版
台北市中山區民生東路二段一四一號十樓
電話：（〇二）二五〇〇—七六〇〇（代表號）
傳真：（〇二）二五〇〇—一九七九

中彰投以北經銷／楨彥有限公司（含宜花東）
電話：（〇二）八九一九—三三六九
傳真：（〇二）八九一四—五五二四

雲嘉以南／智豐圖書有限公司
（嘉義公司）電話：（〇五）二三三—三八五二
傳真：（〇五）二三三—三八六三
（高雄公司）電話：（〇七）三七三—〇〇七九
傳真：（〇七）三七三—〇〇八七

香港經銷／一代匯集
香港九龍旺角塘尾道六十四號龍駒企業大廈十樓 B & D 室
電話：（八五二）二七八三—八一〇二
傳真：（八五二）二七八二—一五二九

新馬經銷／城邦（馬新）出版集團 Cite（M）Sdn. Bhd.
E-mail: cite@cite.com.my

法律顧問／王子文律師　元禾法律事務所
台北市羅斯福路三段三十七號十五樓

二〇二三年十一月一版一刷



**LOVE COMEDY IN THE DARK** Vol. 2

First published in Japan in 2022 by KADOKAWA CORPORATION, Tokyo.
Complex Chinese translation rights arranged with KADOKAWA CORPORATION, Tokyo.

**■中文版■**

**郵購注意事項：**

**1.填妥劃撥單資料：帳號：50003021戶名：英屬蓋曼群島商家庭傳媒(股)公司城邦分公司。2.通信欄內註明訂購書名與冊數。3.劃撥金額低於500元，請加附掛號郵資50元。如劃撥日起 10～14日，仍未收到書時，請洽劃撥組。劃撥專線TEL：(03)312-4212 ・ FAX：(03)322-4621。E-mail：marketing@spp.com.tw**

國家圖書館出版品預行編目資料

**黑暗中的戀愛喜劇** / 鈴木大輔作；蔡柏頤譯. -- 一版. -- 臺北市：城邦文化事業股份有限公司尖端出版：英屬蓋曼群島商家庭傳媒股份有限公司城邦分公司尖端出版發行, 2023.11-

冊；　公分

譯自：**ラブコメ・イン・ザ・ダーク**

ISBN 978-626-377-098-0（第 2 冊：平裝）

861.57　　112013901